ポーランド・ポズナンの少女たち

イェジッツェ物語シリーズ22作と遊ぶ

Zabawa z Jeżycjadą

田村和子
スプリスガルト友美

未知谷
Publisher Michitani

はじめに

ポーランド西部の文化と商業の中心都市ポズナンにイェジッツェ町という地区があります。ここにはスウォヴァツキ通り、ミツキェヴィチ通り、クラシンスキ通り、ノルヴィト通りとポーランドの有名な作家の名前を冠した通りが多く、またゼツェッションと呼ばれる十九世紀末ウィーン風建築物が目立つ一画でもあります。

ポーランドの児童文学作家マウゴジャタ・ムシェロヴィチ作のイェジッツィアーダ（イェジッツェ物語シリーズ）は主にこの地区に住む人々を中心にして展開する若者向けの物語で、第一作『Szósta klepka 六番目の桶板』は一九七七年に、最新作の第二十二作『Ciotka Zgryzotka 心配性おばさん』は二〇一八年に出版されました。つまりおよそ四十年間に渡って次々に新しい物語が生み出され、版が重ねられています。

各作品の主人公はそのほとんどが思春期まっただ中の少女で、彼女たちが大人へと脱皮していく様を作者はその時代の現実の社会状況を背景に実にリアルに、たっぷりのユーモアをこめて、時には社会に対するアイロニーをちらつかせながら描いています。一作ごとに独立して読むこともできますが、最初の作品ではわき役だった少女が後の作品では主人公として登場し、新しい登場人物が加わり、さらに次の作品では少女のその後の様子を伺い知ることができるというように、シリーズとして少女たちの成長を追うことができます。一九八一年発行の第三作『Kwiat kalafiora カリフラワーの花』からは一貫してボレイコ一家が登場し、ポーランド現代史の流れの中でボレイコ一家の歴史をたどることもできます。

マウゴジャタ・ムシェロヴィチは一九四五年にポズナンで生まれました。母ゾフィア・バランチャクの養育方針の影響もあって、二歳年下の弟スタニスワフと共に幼少の頃より本を読むこと、物を書くこと、絵を描くことに夢中になりました。その後、ポズナンの造形美術大学でグラフィックを学び、その間に建築を学んでいたボレスワフ・ムシェロヴィチと出会い、卒業後に結婚、同時に挿絵画家として出発しました。ところが挿絵の注文はさっぱり無く、考え抜いた末に自分で物語を書き、そこに挿絵を入れることを思いつきました。それがイェジッツェ物語シリーズへとつながってゆきました。

このシリーズの主な読者層は若い女性であるのはもちろんですが、男性ファンも少なくありません。そんな一人が今は亡きポーランド演劇史の大家で、M・ムシェロヴィチのペンフレンドでもあったズビグニェフ・ラシェフスキ（一九二五～九二）です。このシリーズに古代ギリシャの長篇叙事詩イーリアスのポーランド語名であるイリアーダをもじって『イェジッツィアーダ』と名付けたのはこのＺ・ラシェフスキに他なりません。

今、ポーランドではＭ・ムシェロヴィチの作品に対して文学性、特に構成力を高く評価する声があります。その一方で、教訓主義が強い、あるいは内容があまりに理想主義的過ぎる、描かれている女性たちが伝統的だと言う批判もあります。大学の卒論として取り上げる学生も多く、文学としての価値を探ろうとする論文、あるいは登場する家族を教育学的観点から論じた研究などがあります。

これまでにポーランドで出版された二十二作品のうち、邦訳されたのはわずかに七作品に過ぎません。しかも時代順に翻訳され、発行されたわけでもありません。しかし、その七作品に描かれているのは、一九七〇年代末から一九九〇年代末までのまさにポーランドが激動のまっただ中にあった二十年間です。主人公の少女たちはその時代とどう関わり、成長していったのでしょうか。

先ずは第一章から第七章において七作品に登場する少女たちの自己確認の旅を時代順に追ってみたいと思います。そして終章では読者のみなさんをイェジッツェ町散歩にお連れします。時に登場者たちが食べたポーランド料理を紹介しながら。

七作品の邦訳タイトル
1　嘘つき娘（未知谷）

2　クレスカ15歳 冬の終わりに（岩波書店）
3　ノエルカ（未知谷）
4　金曜日うまれの子（岩波書店）
5　ナタリヤといらいら男（未知谷）
6　ロブロイェクの娘（未知谷）
7　ちびトラとルージャ（未知谷）

なお、〝はじめに〟と第一章から第七章まで、および〝おわりに〟は七作品を邦訳した田村和子が、終章と〝あとがきに代えて〟はポズナン市イェジッツェ町在住のスプリスガルト友美が担当しました。

ポーランド・ポズナンの少女たち

目次

ポーランド・ポズナンの少女たち

イェジッツェ物語シリーズ22作と遊ぶ

第一章

アニェラの嘘という武器

『嘘つき娘』一九七七年五月から十二月までの物語

主な登場人物

アニェラ・コヴァリク……この作品の主人公、あだ名は〝嘘つき娘〟
パヴェウ・ノヴァツキ……アニェラが一目ぼれした青年
マメルト・コヴァリク……アニェラのおじ
トーシャ・コヴァリク……マメルトの妻
トムチョ（トメク・コヴァリク）……マメルトとトーシャの息子
ロムチャ（ローマ・コヴァリク）……マメルトとトーシャの娘
リラおばさん……マメルト一家の家主
ドンプクーヴナ……パヴェウの母親
ダンカ……パヴェウの学友
ツェシャ……パヴェウの学友
ドムハーヴィェツ先生……パヴェウの学校の教師
ロブロイェク……アニェラの印刷学校の同級生

政治的緊張が増した一九七〇年代ポーランド

一九七〇年代のポーランドは統一労働者党（共産党）と政府との結びつきがそれまで以上に強まり、一般市民に対する政治的押さえつけが強化された時代でした。七〇年十二月、政府が市民の購買欲が増すクリスマス前をねらって食料品の値上げを発表すると、すぐにバルト海沿岸地方の労働者は抗議ストに入りました。それに対して軍はグダンスクの隣町グディニャの労働者に向けて発砲し、抗議行動は暴動へと発展しました。多数の死者が出たこの十二月事件はポーランドでは戦後最大の惨劇だったと言われています。

この事件がきっかけで政権はゴムウカからギェレクへと移り、ギェレク政府は逼迫した経済状況を救うために外資導入を決定しました。七二年になるとポーランドの都市にペヴェックスと言われる外貨ショップがオープンしました。ペヴェックスはドルなどの外貨だけが通用する店で、店内には西側でしか手に入らないジーンズ、高級アルコール、チョコレート、香水などがきらびやかに並び、外貨を持つ者と持たない者、富む者と貧しい者の格差が明確となりました。

七六年六月、再度食料品値上げが発表され、今度はワルシャワ近郊のウルススやラドムの労働者が抗議ストに入りました。値上げは撤回されたものの大勢の労働者が逮捕され、拘束されました。このころから数多くの反政府市民グループが現れ、知識人や学生が労働者を支援する動きが広がってゆきます。

汚職、賄賂、横領が蔓延し、社会全体が嘘で固められた時代、十五歳の少女が自身も嘘を武器に世を渡ろうとして何の不思議がありましょうか。おまけに彼女には天性の演技力が備わっていました。

『嘘つき娘』はポーランドが社会主義体制下にあった一九七七年五月から十二月までのポズナン市イェジッツェ町を中心に展開する十五歳の少女アニェラの物語です。

アニェラの一目ぼれ

バルト海に面した漁港で保養地でもあるウェバという町で父親と二人で暮らす（母親は病死）アニェラ・コヴァリクは五月のある晴れた日の昼前、港の船着き場でかっこいい若者に出会いました。若者の名前はパヴェウ・ノヴァツキ。パヴェウはポズナンに住む十八歳の高校生で、肺炎が治った後の保養でウェバに滞在していました。明日にはポズナンに戻ると言うパヴェウにアニェラは一目ぼれし、昼食後にもう一度会う約束を交わしました。ところが彼女は父親に叱られて家に閉じ込められ、再会できずにパヴェウはポズナンに帰ってしまいます。アニェラはパヴェウのことが忘れられません。ついに彼女はポズナンにある印刷高等学校に進学する決心をし、入学試験を受けました。

アニェラは決して美人ではありません。三つ編みにした黒い髪、ピンク色の頬、ちょっぴり大きめの鼻、挑戦的で皮肉っぽい目には分厚いレンズの眼鏡をかけています。気性は激しく、意地っ張りでうぬぼれ屋でもあります。ポズナンの印刷学校に進学する理由はパヴェウのそばにいたいということただ一つ。もちろんそのことは父親には内緒です。

嘘は長足で強足

印刷学校の入学試験に合格したアニェラは雨の降る八月の日曜日、リュックに長靴の出で立ちでポズナンに到着しました。先ず向かった先は父親の従兄にあたるおじのマメルト・コヴァリクの家です。学校からは入寮許可も下りたのですが、アニェラはパヴェウの家に近いおじの所に住むことに決めていました。もちろん、そのことも父親には内緒です。

マメルト・コヴァリクは三十三歳の外科医で、音楽学校でピアノを教えている妻トーシャと二人の子ども、トムチョ（六歳の男の子）とロムチャ（五歳の女の子）の四人家族です。彼らは一戸建ての数部屋を家主のリラおばさんから借りて暮らしています。ドアを開けたマメルトを前にアニェラは自分がマメルトの従兄ユゼフ・コヴァリク（アニェラの父の名前）の娘であることを告げました。そしてアニェラの口からは次々に嘘八百が転がり出ます。父親が再婚したこと、継母は弟を出産した後も魚の加工工場に勤めていて、自分が赤ん坊の世話をしてきたこと等々。

この嘘のお蔭で期待通りの同情を得たアニェラは、どんな目的でポズナンに出て来たのかとのトーシャの問いにも臆することなく答えます。

「学問を抜きにしては何も始まりません。そう、知識の飢えがわたしをポズナンに導いたと言えます」

マメルト一家の住いは狭く、その夜は廊下の隅にハンモックをつるしてもらって休むことになりました。まずまずの滑り出しに、信じるに足る手段で話をすれば、人間っていうやつはどんな作り話でも真に受けてしまうものだ、とアニェラはにんまりとするのでした。その夜、アニェラはパヴェウに電話をします。ところがパヴェウはガールフレンドのダンカからの電話と思い込み、アニェラは困惑します。

翌日、アニェラはおじ一家に〝リラおばさん〟と呼ばれている家主の所に行って、部屋の交渉に当たります。リラおばさんは元高校教師で、今は趣味の油絵を楽しみながら年金生活を送っています。アニェラが部屋のドアをノックした時もリラおばさんは絵を描いている最中でした。アニェラは咄嗟に自分も水彩画を描いていると告げますが、もちろんそれも真っ赤な嘘。長年、教師をしてきたリラおばさんには鋭い勘があって、アニェラの嘘をたちどころに見抜いてしまいます。この家主に、貸すような部屋はないと断られ、泣くアニェラ。涙を出すのも彼女の得意技です。

やがて辛辣なリラおばさんを前にアニェラは自らの意に反して真実を話し出しました。好きな人がいること。彼の近くに住みたいこと。印刷学校の入学手続きは済ませたけれど、印刷には興味はなく、舞台女優になりたいこと。でもその前にパヴェウにプロポーズされたら一発でお嫁にいくことを。

「恐ろしいね」リラおばさんはそう言うと、アニェラの観察を楽しむように腰をおろした。「今の若い娘が半世紀前の娘よりも賢明になって、自立しているって言われてるけど、それは嘘だね。わたしたちの時代と違うことと言えば、服装がだらしなくなったことだけだ。ああ、それからもちろん志望する職業のジャンルも違ってる。もちろんそんな意欲があればの話だが。お茶を飲みなさい」

アニェラは自分の株が上昇中であることを感じながら素直にお茶を飲んだ。

「わたしはあなたの信用をことごとく失った身ではありますが」アニェラは臆することなく続けた。「あなたの絵に関して述べたこと、あれは全くの真実です」

「どうかね。あんたはそもそも全くの真実なるものが存在すると思ってるのかい？」

「いいえ、正直言うとほんの時たまだけです」

「その正直なところは気に入ったよ。ほんの時たまだけどね」

「だって嘘って、役立ちます」

「もちろん。でも、嘘は〝短足〟とも言うよ」

アニェラはせせら笑った。

「もうカビのはえた昔のことわざじゃないですか。今は嘘は長足だし強足です。わたしが問題にしているのは、わたしがつくような小さな嘘ではなくて、もっと次元の大きな嘘のことです。そんな嘘を前にすると真実なんてドンキホーテ流の夢物語です」

「ドンキホーテ流の夢物語も悪くないよ」リラおばさんは言った。

「いいえ、悪以上です」アニェラは異議を唱えた。「愚かです」

リラおばさんは顔を曇らせてアニェラを見つめた。


ラッキーなことに、リラおばさんはそれまで大学生が下宿していた屋根裏部屋をアニェラに貸してくれることになりました。

その日、マメルト家ではトムチョとロムチャが一騒動を引き起こします。二人は砂場で使うおもちゃを近所の子どもたちにお金を取って貸す仕事を始めたのです。ところが家にお金を取りに行った遊び仲間の女の子が激怒した母親とともに戻って来て、トーシャに怒鳴りこみ、子どもたちの賃貸業は発覚しました。悪いことにその子の母親はトーシャがピアノ教師として働いている音楽学校の副校長でした。トーシャは職を失うかもしれないと蒼くなります。そこでアニェラは世話になっているトーシャのために一肌脱ぐことにしました。

アニェラはやぼったい服装にやぼったい化粧をし、フラニャと言う偽名を使い、マメルト家でお手伝いをしていることにして、副校長の家に乗り込みました。もちろんトーシャには内緒で。そして砂場用のおもちゃの賃貸業でマジェンカからお金を取ろうとしたのは自分であると打ち明けました。その話し合いの最中、アニェラは聞き覚えのある声を耳にします。振り向くと、そこにパヴェウがいるではありませんか！　副校長の苗字はドンプクーヴナ、パヴェウの苗字はノヴァツキ。副校長は仕事上、旧姓を使っていて、パヴェウは副校長の息子だったのです。しかし、パヴェウは変装したフラニャが実はウェバで出会ったアニェラであることには全く気がつきません。

帰り際、副校長はアニェラに思いがけない提案をしました。アニェラに週三回、お手伝いとして来てもらえないかと言うのです。アニェラはその提案に同意しました。同意の理由はリラおばさんに毎月支払わなければならない下宿代を稼ぐことができるから、そして何よりも毎日のようにパヴェウに会えるからです。アニェラはウェバに届いたパヴェウからの手紙を親友のカーシャに転送してもらい、アルバイト先ではフラニャとしてパヴェウに会い、アニェラとしては手紙を通じて付き合うことしました。

喫茶店での失態

九月一日、ポーランドの八年制の小学校とそれに続く四年間の普通高等中学校あるいは、やはり四年間の職業専門学校は一斉に入学式を迎えます。アニェラは定番の白いブラウスに紺色のプリーツスカートで陰気な地区にある、これまた暗くてさえない印刷学校の門をくぐりました。多くの生徒はジーンズに薄いセーター姿で、アニェラは自分だけがガキっぽく思えてなりませんでした。この学校を選んだのはポズナンに出てくるための方便に過ぎず、印刷学には何の興味もありません。落ち込み、孤立感をかみしめるアニェラにロブロイェクと名乗る男子生徒が近づき、その後、テストなどを助けてくれるようになりました。

学校を終えると、すぐにフラニャに変身してパヴェウの家へバイトに通う日々。玄関、キッチン、リビングルーム、そしてバスルームの掃除。きれい好きな副校長のためにピカピカに磨かなければなりません。さらに山のように積まれた洗濯物のアイロンがけ。アニェラはパヴェウのシャツだけは念入りにプレスしました。ある日、仕事の合間にフラニャはパヴェウから一通の封筒を渡され、帰宅途中に郵便局から速達で出してほしいと頼まれます。それはウェバのアニェラに宛てた手紙でした。

ようやく仕事を終えて帰途についたアニェラは途中でその封筒を開封します。何と中には甘い甘い愛の詩が書かれていました。

アニェラ・コヴァリク様

昨日はどこにいたの？　今はどこにいるの？

どこを歩いているの、ぼくのまなざし、ぼくの足音、
ぼくの言葉を忘れて…… 昨日はどこにいたの？
君の窓は暗く 電話の向こうは暗い墓穴
ぼくは一人ぼっち 時計が静かに時を刻む
窓を打つ雨音のように 昨日はどこにいたの？
今はどこにいるの？ 雨粒が地面をぬらす
愛がぼくの頭にしみこむ 地面にしみる雨のように
君はどこかを歩き回っている 君は自分でもわからない
どうして家にいないのか 夜の十時を過ぎても

パヴェウ・ノヴァツキ

アニェラの胸は打ち震えました。詩の内容は確かにいまいち辻褄が合いません。しかしアニェラは甘い言葉に酔いしれ、一字一句を頭にインプットしました。愛の詩を受け取る存在になったことが夢のようでした。アニェラは意を決し、パヴェウとデートをすることにしました。正真正銘のアニェラとして。

ダサい化粧のフラニャではなく、個性的魅力にあふれたアニェラは待ち合わせ場所のメルクリホテルの喫茶室に入りました。パヴェウはまだ来ていません。眼鏡をはずし、コーラを注文

し、お金を払い、緊張しながらパヴェウを待ちました。その時、遠くにパヴェウの姿をみとめ、アニェラは慌てて立ち上がりました。その瞬間、彼女の肘がコーラの瓶に当たり、瓶は割れてテーブルの下に散乱してしまいました。アニェラは駆けつけたウエートレスからモップと箒をひったくり、慌てて片付け始めました。ようやく終わって、テーブル下からはい出したその時、目の前にパヴェウがいるではありませんか。アニェラは息を弾ませ、顔を真っ赤にし、服はくしゃくしゃ、髪はボサボサ。右手に濡れたモップ、左手にビンのかけらでいっぱいになったちりとり、そして小脇に箒を抱えた姿。

この時、アニェラと若者の様子を近くで目撃していた者がいます。少し離れたテーブルで親友とおしゃべりを楽しんでいたリラおばさんです。

「やあ」若者は言った。

固まったままのアニェラはぎこちない笑みを浮かべた。

「ここでなにをしてるの」若者は尋ねた。「メルクリホテルででも働いているなんて、言わなかったよな……フラニャ」

『ハムレット』公演に関わる

下宿先に逃げ帰ったアニェラはリラおばさんにだけは全てを打ち明けました。

パヴェウとの付き合いに絶望的になったアニェラは九月いっぱいでバイトを辞めようと決心します。最後のバイトと思って出かけた九月末日、パヴェウの部屋にはダンカ、ダンカの親友のツェシャをはじめとして普通高校に通う数人の生徒と教師のドムハーヴィェツ先生が集まり、十二月に校内で公演する『ハムレット』の練習をしていました。パヴェウはハムレット、ダンカはオフィーリアの役でした。お茶を運んで行った時に目にした彼らの練習に演劇狂のアニェラはうずうずし、パヴェウたちの下手な演技を歯ぎしりしながら見守ります。

ハムレットの数多の脚色例に精通している演劇好きのアニェラは気がついたらいつの間にかドムハーヴィェツ先生と劇場用、映画用、テレビ用と多岐にわたる脚色、さらに演出家と主役俳優の名前を挙げ、演技概念の基本ラインを論じ合っていました。ドムハーヴィェツ先生はアニェラに試しにオフィーリア役を演じてみるようにと勧めます。

「自分の思うように演じなさい、ハムレットの台詞はわたしがつけよう」

「わかりました」

「おや！　なんと！　美しいオフィーリアではないか！　ニンフよ、自らの祈りの中にわたしの罪も忘れないでおくれ」

アニェラは演じ始めた。そして観客の目の中に賞讃の表情を読み取った。その表情ほどアニェラの演技力に弾みをつけるものはなかった。言葉に次ぐ言葉、台詞に次ぐ台詞。アニェラは最高の力を発揮してオフィーリアを演じた。演技は厳然としていて、同時に穏やかだった。痛み、絶望、そして希望にあふれていた。わずか二言、三言の台詞を土台にして多様な意味を持つ透かし張り物を広げることができた。それは含意と示唆に富み、観客はアニェラから目を離すことができなかった。演技が終わってからも静寂が続いた。しばらくの後、ドムハーヴィェツ先生はようやく肘かけ椅子から立ち上がって叫んだ。

「素晴らしい！　素晴らしい！　この役を君に与えよう！　いや、望む役をどれでも与えよう！」

アニェラは控えめに微笑んだ。

アニェラは普通高校の生徒たちと『ハムレット』に出演することになり、辞めると決めていたパヴェウの家でのお手伝いは続けることになりました。

普通の人間的思いやり

ダンカはオフィーリアの役を降ろされて以来、意気消沈してしまいます。それを見かねたダンカの親友ツェシャはバイトに向かうアニェラを通りの角で待ち構え、お願いするような口調で声をかけてきました。オーフィリア役をダンカに返してあげてほしいと。アニェラはその要求をつっぱねます。

「ねえ、なんなの？」アニェラは尋問するように聞いた。「わたしに役を降りるように仕向けるもの、それってなんなの？」

「普通の人間的おもいやり」ツェシャは静かに答えた。「ダンカにはたくさんの短所があるけれど、でも素敵な人なの。ずっと前からわたしの親友なの。彼女、何度も鬱状態になって。あなたが知っているかどうかは分からないけれど、詩を書いているのよ。感受性が強くて、困難に出会うとすぐに自分の中にひきこもってしまう。だからわたしは少しでも心配事を減らしてあげたくて……」

静寂。

アニェラはツェシャを見つめた。こんな親友こそ宝物だ。ダンカよりもツェシャの方が長所においても精神的価値においてもはるかに優れている。それに彼女自身はそのことを全く関知していない。

「普通の人間的思いやり？」アニェラはツェシャの言葉を繰り返すと、ふふんと笑った。

「本当にあんたはそんなことを信じてるの？」

ツェシャの願いを一度は拒絶したアニェラではありましたが、〝普通の人間的思いやり〟と言う言葉は重いものでした。次のリハーサルの時、アニェラはオフィーリア役をダンカに返し、自分は亡霊の役をやりたいとドムハーヴィェツ先生に申し出ます。先生はオフィーリア役を降りることは受け入れたものの、アニェラに改めて別の役を与えました。それは何と、亡霊ではなく、主人公のハムレットでした。

一方、印刷学校ではカンニング事件が持ち上がり、実際にはアニェラがロブロイェクからカンニングしたのに、担任はロブロイェクがアニェラからカンニングしたと誤解し、アニェラはクラスメートの冷たい視線を浴び、ますます孤立を深めます。

アニェラ、絶対絶命

ある日、アニェラは急いで仕事に出なければならないトーシャに、リラおばさんが戻るまでトムチョとロムチャの面倒を見るようにと頼まれます。しかし、リラおばさんはなかなか帰って来ません。バイトと演劇のリハーサルが待っているアニェラは子どもたちを家に残したまま出かけてしまいます。

その日、リハーサル前のパヴェウの部屋ではダンカが自作の詩を朗読していました。その中の一作は何と、パヴェウがアニェラへの手紙にしたためたあの愛の詩でした。アニェラはパヴェウに不信感を抱き、全てを投げ出して帰ろうとします。パヴェウはアニェラを呼び止め、フラニャがアニェラであることに気がついていたと打ち明けます。

「ぼくは君が誰であるかを知ってる！　君が誰であるかを知ってるんだ!!!　もう馬鹿な真似はよしてくれ」

「あたしが誰か、知ってる?!」アニェラは立ち尽くした。冷たい怒りの波がザワザワと押し寄せてくるのを感じた。「いつから知ってたの？」本来の自分の声で聞いた。

パヴェウはため息をつき、鼻の下の汗をぬぐった。

「メルクリホテルで出会った時から。アニェラだと分かったけど、君はブラシとモップを手にしていただろ。だからアニェラとフラニャは同一人物だってわかった」

コヴァリク一族の血がアニェラの頭に上がった。全力で自らの尊厳を守ろうとしたものの、怒りの波が顔にまで押し寄せてくるのを感じた。

「そうですか、そうですか、あなたはそれをあざ笑っていたんでしょうね?!……」

「な、なんだって？」パヴェウはぎょっとした。

「気づいていても言わないで笑っていたんでしょ！　わたしを笑いものにして！　崇拝者に取り巻かれ！　詩人に取り巻かれ！　なんて言うこと！」

「アニェラ！」パヴェウは思わず大声を上げた。「聞いてくれ！　全部説明するから……」

「放してちょうだい！」アニェラは腕をふりほどこうともがいた。「卑怯者！　嘘だらけの手紙！　他人様から盗んだ詩！　放してって言ってるでしょ」神経の高ぶりを抑えきれなかった。尋常ではない怒りに頭が真っ白になったアニェラは拳を思いっきり振り上げた。その手が愛する人の鼻先に当たったのを感じた。満足だった。

更なる追い打ち

最悪の気分で帰宅すると、家ではトムチョとロムチャが失踪し、トーシャが青くなって探しているところでした。すぐに戻ってくるから心配ないと取り合わないアニェラに、非難の嵐が集中しました。いたたまれなくなったアニェラは外に飛び出し、気がついたらロブロイェクを呼び出していました。アニェラの心の中には意識しないままに、誰か人間の顔の中に自分に対する称讃と好意の表情を見出したいという思いがあったのです。ロブロイェクはアニェラに誠実に向き合い、アニェラのことを気高くて善良な人間だと言ってくれます。

「わたしは善良なんかじゃない！　わたしは気高くなんかない！」アニェラは大声で言った。突如として羞恥心が湧き上がり、息がつまるほどだった。「わたしって嘘つきなの！　エゴイストなの！　自分で自分に我慢がならないの」

ロブロイェクに送られてすごすご家に戻ると、子どもたちはアニェラを迎えにパヴェウの家に行っていたことが分かり、ほっとしたのもつかの間、さらなる追い打ちがアニェラを待っていました。ウェバの父親がマメルトに寄越した手紙で、彼女が大きな嘘をついていたことが判明したのです。つまり、アニェラの父親は再婚なんかしていなかったし、アニェラには腹違いの弟なんかいないことがばれてしまいました。同情を買うために自分たちを利用したに過ぎないとマメルトに責められ、アニェラは最悪の精神状態に陥ります。その時、トーシャはアニェラを抱きしめ、嘘をつくものではないと諭すのです。

「こっちにいらっしゃい、アニェルカ」確かな本能に導かれ、トーシャは穏やかに声をかけた。「わたしの方にいらっしゃい」彼女は母親のような胸にアニェラを抱き寄せ、その頭を撫でた。「お願いだから、嘘をつかない人になってちょうだい」トーシャは優しく言った。

アニェラの中に二つの感情が生まれた。一つは喉を締め付けられるような感動。それは母親のように温かい親近感に呼び起された感動だった。二つ目は苦々しい皮肉が脳裏に浮かんだ。今、この二人の女たちの格好ときたら、恐ろしく滑稽に見えるに違いない。太っちょとやせっぽちが不器用に抱き合っている。こうすることによって効果的結果を期待し、今日から全てが変わると思ってのことだったら、トーシャは途方もない単純人間だ。こうした二つの感情がアニェラの中でせめぎ合い、自分でもどうしようもなくなった。その結果、彼女は意外にも突然わっと泣き出したのだった。やがて感動の方が全てを包み込み、それが功を奏して皮肉は消滅した。熱い涙に全てが溶けて流れ出した。パヴェウの背信行為による絶望、学校でうまくゆかないことによる苦悩、これまでの人生で味わった寂しさ、困惑、そして敗北、それら全てが流れ出した。

アニェラはマメルトとトーシャに全てを正直に話しました。パヴェウを追ってウェバから出て来たこと、今はパヴェウに対する信頼感が薄れていること、嘘で身を固めなければ、この世を生きてゆくことが難しいと感じていることなど、自らの思いを全て吐き出したのです。胸のつかえが少し楽になったのを感じました。

印刷学校ではミス女子生徒コンテストが行われ、自分に票が入るはずはないとの予想に反し、アニェラにも三票が投じられました。こんな自分に少なくとも三人の人間が好意を寄せてくれていることを知り、アニェラは学校でも次第に自信と素直さを取り戻してゆきます。

『ハムレット』公演の成功

アニェラは嘘まみれの生活から少しずつ脱却し、印刷学校の勉強も面白いことを少しずつ実感するようになってゆきました。紆余曲折を経て十二月二十三日、パヴェウが通う普通高校の講堂で『ハムレット』は上演されます。この日の公演を見るために(クリスマスを娘と一緒に過ごすためでもあった)ウェバからは父親が出て来ましたし、印刷学校からもかなりの数の生徒がアニェラの演技を見に来てくれました。

『ハムレット』はアニェラとダンカの好演で大成功を収めます。偉大なるハムレットの独白の場面は大喝采を浴び、ダンカが演じる狂乱のシーンは画期的解釈が功を奏して高い評価を得ました。リラおばさんは耳をつんざくほどに大きな歓声を上げ、中には涙を流す観客もいました。

その後、パヴェウに対する熱は冷めてしまったものの、アニェラは印刷学校での勉強に新しい意欲を覚え、さらに演劇の勉強に対する希望も持つようになりました。彼女はクリスマスの日、ウェバに住む親友のカーシャに手紙を書きます。


愛するカーシャへ！

クリスマスおめでとう！

…………

若い時、人はなんと物が見えていないことでしょう。まるで洟垂れ小僧だよね。しかるべき目で世界を見ることができるようになるまでに、人はなんとたくさんの愚かな行為を繰り返すことでしょう。

わたしは自分が変わりつつあると感じています。いわゆるこれが大人になると言うことなのでしょう。二週間後にわたしは十六歳になり、子ども時代の卒業です。わたしの生活の大きな部分を占めていた恋のすったもんだにはもう終止符を打ちました。これからの未来にあるのは、自分でも驚いているのですが、大好きになった印刷学との格闘です。夢中になれる分野です。頭に叩き込まなければならない山のような技術的知識さえも、すぐに実習に応用すれば吸収するのは簡単です。

…………

あなたにキスをおくります。大晦日の夜十二時にあなたのことを考えます。テレパシーを受け取ってください。

あなたのアニェラより

ユーモア小説

一九七七年のポーランドは食料品も日用品も日常的に不足し、商店の前にはいつも買い物客の長い行列が見られました。人々は日々の暮らしに疲れ、イライラを募らせていました。だからこそ必要だったのが心を明るくしてくれる読み物ではなかったのでしょうか。マウゴジャタ・ムシェロヴィチはイエジッツェ物語シリーズをユーモア小説と位置づけています。特にシリーズ第二作目のこの『嘘つき娘』では辛い日常生活を吹き飛ばすような滑稽さ、ユーモア、明るさが際立っています。

主人公アニェラの言動にも滑稽さはついて回ります。初めてパヴェウに出会った日、彼女はもう一度、彼に会いに行こうとするのですが、父親に家に閉じ込められてしまいます。何とか外に出ようとアニェラは下着だけの姿になり、セーターとスカートを口にくわえて天井下の換気用小窓に体を押し込むのですが、胸がつかえて、にっちもさっちもゆかなくなります。さらに、〝メルクリホテル〟で正真正銘のアニェラとしてパヴェウを待つ場面では、緊張のあまりに彼女はコーラの瓶をテーブル下に落とし、割ってしまいます。ウエートレスからモップと箒をひったくり、自らテーブル下にもぐって片づけたまでは良かったのですが、這い出して来た時には髪も服もくしゃくしゃのフラニャの姿になっていました。この設定はアニェラ本人には悲劇でも、読者にとっては喜劇以外の何ものでもありません。

アニェラ以上にユーモアの点で大きな役割を果たしているのが六歳のトムチョと五歳のロムチャです。特にトムチョはその頃に流行った歌を替え歌にしていつも口ずさんでいます。歌詞はグロテスクで、特別な意味はないのですが、韻だけはきちんと踏んでいます。

イェドナ　ショストラ　ドルギェイ　ショシュチユシェ　ナプルーワ　ナ　オシュチュシェ（妹が姉に本気で唾を吐いた）

イェドナ　ラルカ　ドルギェイ　ラルツェ　オブグリザーワ　パルツェ
（一体の人形がもう一体の人形の指をかじり取った）

ちびたちの行動は邪気がないだけに思わず笑いを誘います。二人は砂場用おもちゃの賃貸業を始め、近所の子どもたちからお金を集め、そのお金でガムを買いました。それが見つかって父親マメルトにお仕置きを受けるシーンです。

マメルトはさらに苛立って赤い半ズボンの二つの尻をベルトで打ち付けた。もちろん、手加減を忘れずに、形ばかりに。

面目丸つぶれの子どもたちはさらに声を大にして泣きわめいた。そっと口から取り出したガムをテーブルの上に置くと、兄と妹はお互いの腕の中に身を寄せ合い、Tシャツに顔を埋めてしゃくりあげた。

「さて、今度はお前たちがしでかしたことの理由を話してもらおう」マメルトは言った。

「ぼくらはまじめにお金を稼ごうと思ったんだ」洟をすすり上げながらトムチョは答えた。「パパもママもいつもお金がないって言ってるだろ。だからぼくらもパパとママのように稼がなくちゃって考えたんだ」

「息子よ」マメルトは呆然としてわが子を見つめた。「お前に言っておくけど、あんな行動はパパやママのようにお金を稼いだことにはならないぞ。お前は、君たちのおもちゃを必要とした誰かをだしにして、もうけただけだ」

「そうだよ」トムチョはきっと顔を上げて同意した。「そのどこがいけないのさ?」

マメルトはふーっと息を吸い込んだ。一瞬考えたあとで、その息を吐き出した。

「業務料金の値段だ」マメルトは答えた。

「ぼく、たくさんもらい過ぎた?」トムチョは興味深げに聞いた。

「いや、不適切な通貨だった」

トムチョは目を大きくした。

「最もいい通貨、それはクリの実だったな」父親は息子に説明した。「たいていの大人は、子どもってのはお金って何なのか分からないものだと思っている。そんな大人がお前と話したらどんな顔をするか見てみたいもんだな。トーシャ、わが息子の稼ぎ能力は誰の血を受け継いだのだろう? 俺の血でもなければ君の血でもないことは確かだよな」

「突然変異でしょ」トーシャは優しい口調で言った。トムチョは歯の欠けた口をあけて母親に笑みを向けた。

トムチョとロムチャが果たす役割

キリスト教圏では十二月六日は子どもに恵みを施す聖者、聖ニコラウス（いわゆるサンタクロースのこと。クリスマスイブにプレゼントを持って来る人は、ポズナンでは〝星の御使い〟と言われている）の日です。この日の夜に聖ニコラウスは子どもたちにプレゼントを与え、やがてくるクリスマスを祝福します。

朝、目を覚ましたトムチョとロムチャはベッド下の靴の中にお菓子やボールペンが入っているのを見つけます。ところが両親の靴の中には何も入っていません。二人は彼らにも何かプレゼントを入れてあげようと考えます。


「ボールペンならもうパパもママも持ってるでしょ。なんでも持ってるよ」ロムチャは言った。「キャンデーは二人とも食べないしね」

「でも持ってないものもあるよ。ねえ知ってる、パパとママはなにを持ってないか?」

「お金」ロムチャは的を得た答えを述べた。

「うん、そう、お金だ。ちょっぴりあげようか」

「貯金箱から?」

「うん」

子どもたちは鍵で貯金箱を開けると、自分たちの戦利品をガチャガチャと床にばらまいた。その音で目を覚まさないとしたら、それは耳が遠いか、あるいは神経系統に欠陥がある人間に違いなかった。しかしちびたちの両親は死んだように横になっていた。子どもたちの興味深い対話を一言も聞きもらすまいと、瞬きをするのも恐かった。

「これじゃ少ないね」トムチョはぶつぶつと言った。

「わたしはこれしかないもん」

「ぼくも」

「キッチンの引き出しから持ってこようよ。あそこには紙のお金が入ってるから」

「うん、そうしよう、靴いっぱいに入れてやろう。パパもママも喜ぶぞ！」

「うん！　だって二人ともかわいそうだもんね……」

目はつぶっていても両親は子どもたちの温かいまなざしを感じた。トムチョとロムチャは眠っている振りの両親の前に立ち、感傷的な目を向けた。

「パパはもう年取ってるね」ロムチャはささやいた。

「ママも年取ってるよ」トムチョはほろりとして言った。

「二人ともきっともうすぐ死ぬんだね。人間はみんな死ぬんだよね」ロムチャは最近得た賢い知識を兄と共有した。少女の声は穏やかではあったが真剣そのものだった。

「パパとママが死んだら、ぼくは寂しいな。絶対に二人のことは忘れないぞ」トムチョはきっぱりと言った。そして続けざまにつけ加えた。「ねえ、このドロップス、なめてみた？」

「すっぱいよ。ねえ、みんな死んでしまったら、トムチョはどうする？　だーれもいなくなるのかな？」

「ばか、新しく生まれるじゃないか。知ってるだろ、どうやって生まれるか」

「知ってる。おじいちゃんはもうすぐ子どもを生むよね。大きなお腹をしてるもんね」

「ああ、ロムチャ、お前ってほんとにがきんちょだな」

「ちいちゃなおじいちゃんを生むんだよね、ヒヒヒ、眼鏡をかけたね」

「ウヒェー、おバカだな！　さあ、キッチンに行くぞ」


小さな子どもたちは無邪気なだけではありません。時には大人顔負けの言動に出ます。ある日、トムチョとロムチャは大嫌いな牛乳を飲まずに流しの中に捨てました。子どもたちの不審な行動に気づいた母親のトーシャは何をしたのか正直に話すようにと迫ります。それを見ていたアニェラはちびたちの窮状を救おうと、二人はちゃんと牛乳を飲みほし、流しでカップを洗おうとしていただけだ、と嘘を言います。自分に対するちびたちの株が上がることを期待してのことでした。ところがトムチョは、ぼくたちのために嘘なんかついてほしくない、と突っぱねます。「みんなのためになるからって、みんなをだますことは、だました人のためであって、みんなのためではない」と言って。

六歳のトムチョの正論は十五歳のアニェラの胸につき刺さり、彼女は顔を赤くしました。トムチョとロムチャは作品にユーモアを与えているだけではなく、主人公アニェラの導き手として重要な役割を果たしているのです。

国にも社会にも大きな嘘がまかり通っていた時代、十五歳の少女アニェラは小さな嘘を武器にして世間を渡り歩こうとします。しかし、純粋なだけにその嘘はすぐにばれ、一番傷つくのは本人自身です。やがてアニェラは周囲の人々とのかかわりを通し、時には小さな子どもに教えられ、いつしか自分が変わりつつあることを実感します。そしてそれが大人になることだと自ら体得するのです。

第二章　両思いに至るクレスカの恋

『クレスカ15歳　冬の終わりに』一九八三年一月三十日から三月十七日までの物語

主な登場人物

クレスカ（ヤニナ・クレホヴィチ）……この作品の主人公、ヤンカとも呼ばれる
マチェク・オゴジャウカ……クレスカの意中の青年
ゲノヴェファ（アウレリア・イェドヴァビンスカ）……お昼になると他人の家に上がり込む少女
マティルダ……マチェクがのぼせ上った美人
ドムハーヴィェツ先生……元高校教師、クレスカの祖父
ピョトル・オゴジャウカ……マチェクの兄
エヴァ・イェドヴァビンスカ……ゲノヴェファの母、クレスカの担任
ボレイコ夫人（ミーラ・ボレイコ）……ボレイコ家の母親
ボレイコ氏（イグナツィ・ボレイコ）……ボレイコ家の父親
ガブリシャ……ボレイコ家の長女
イーダ……ボレイコ家の二女
レヴァンドフスキ一家……マチェクの隣に住む家族
ヤツェク……クレスカの同級生

戒厳令下の時代

十五歳のリツェウム（普通高等中学校）一年生、ヤニナ・クレホヴィチは周囲の者たちからあだ名のクレスカ、あるいは愛称のヤンカで呼ばれています。彼女は慢性金欠病で自由になるお金がほとんどなく、衣類は手作りしています。老人のお下がりのような風変わりなコート、継ぎ布を縫い合わせたベスト、カラフルなレッグウォーマー、耳宛ての付いた帽子にだぶだぶのセーター、房つきの二、三メートルもあるマフラーを身につけ、貧弱に見えないこともないのですが、どれも奇抜でおしゃれです。長いまつげに褐色の目を持ち、栗色の髪を人気ロック歌手風にカットしていて、個性的な美人と言えます。

クレスカは単身、ブロツワフ（ポズナンの南に位置するシロンスク地方の中心都市）からポズナンに出てきて祖父の家に住みつき、学校はそれまで祖父が教師をしていたリツェウムに転校しました。一九八二年九月のことです。どうして一人で出て来たのか、両親の事で最低の精神状態にあるのはなぜなのか、祖父が教師の職を退くことになった原因は何か、それらについては全く触れられていません。

マウゴジャタ・ムシェロヴィチは時代の鋭い観察者で、イェジッツェ物語シリーズには背景となっている各時代の社会状況が実にリアルに描かれています。『クレスカ15歳 冬の終わりに』の目次を見ると、一九八三年一月三十日の日曜日が第一章、同年三月十七日の木曜日が最終章になっています。この年の一月から三月と言えば、ポーランド全土にまだ戒厳令が布かれていた時代です。

吹雪の日、マチェク（クレスカが秘かに思いを寄せている青年）は街中で偶然目にした美人マティルダにくらっときて、彼女の後をつけます。オペラ座に向かったマティルダはチケット売り場の前でお金を出そうとバッグを開けました。バッグの中にはたっぷり半キロのレモンが入っていて、その香りにマチェクは一瞬、放心状態になります。彼の家の冷蔵庫にあるのは、扁桃腺炎にかかった時に隣人がわけてくれた二個のうちの残りの一個。当時はレモンもバナナも高級品で、庶民の口にはめったに入りませんでした。

その日、マチェク自身もある人物に後をつけられていました。それは、自称ゲノヴェファと名乗る六歳の不思議な女の子でした。マチェクはマティルダにつられて自分もオペラのチケットを二枚購入し、外に出た所で突然、物陰から飛び出して来たゲノヴェファを避けようとして階段から転げ落ちます。それを目にしてマティルダは笑いながら雪のカーテンの中に消えました。お尻をさするマチェクをしり目にゲノヴェファは今度はマティルダを追い、彼女の家の玄関ベルを押してお昼を所望します。最初は見ず知らずの女の子に食事など与えようとしなかったマティルダでしたが、母が今晩のオペラ観劇に行けないことを思い出し、チケットを無駄にしないためにこの少女を連れて行くことにします。

一方、マチェクは一緒に行こうと思っていた兄ピョトルが出張中であることを思い出し、チケットを無駄にしないためにクレスカをオペラに誘います。しかし、彼の当初からのお目当てはマティルダでした。その晩、オペラ劇場でマティルダを見つけたマチェクはのぼせ上り、クレスカを置き去りにしてマティルダの隣の席に移ってしまいます。マチェクの誘いが交際のワンステップになると確信し、寒い中、染め直した夏のワンピースを着てやってきたクレスカでしたが、マチェクの仕打ちに打ちのめされ、ゲノヴェファを連れて劇場から暗くなった外に出ました。それはゲノヴェファが上演中に指揮者の禿げ頭を撫でて騒動を起こしたせいでもありました。通りに出ると夜間パトロール隊が軍靴を打ち鳴らして目の前を行進していました。

昼食を求めて、いや、温かい家庭の雰囲気を求めてゲノヴェファは次々に他人の家を訪ね歩きます。ある日、訪れたボレイコ家ではテーブルの上に主のない食器が余分に用意されていました。その食器に手を出そうとして少女はボレイコ家の三女と四女に怒鳴られます。怪訝な顔を向けたゲノヴェファに対し、長女ガブリシャは「あのね、その席は空けておくのよ。ある人を待っているの。わかる?」と優しく説明し、ボレイコ夫人は「そのお皿はわたしの夫を待っているのよ」と寂しそうに答えます。

数日後、ゲノヴェファは昼食時のレヴァンドフスキ家（マチェクの隣人）を訪れました。それは二回目の訪問でしたが、前回と違ってこの日、一家の雲行きには妙におかしいものがありました。誰もゲノヴェファには目もくれません。どうやら末息子のスワヴェクの仕事のことで親子でもめているようです。ゲノヴェファはみんなの注目を集めようと勝手なことをべらべらとしゃべり出します。マチェクの兄ピョトルのこと、ガブリシャのこと、そしてボレイコ家の次女イーダのこと。そのイーダに好意を寄せているスワヴェクは話の成り行きで、イーダと結婚したいと、突然に言い出します。それに対してレヴァンドフスキ氏は激高し、テーブルをたたき出します。

「スワヴェク、答えろ！　結婚ってどういうことだ？　本当なのか？」

「本当だよ。父さんはどう思う？　なぜ結婚して悪いんだ？」

レヴァンドフスキ氏は苦々しく言い放ちます。

「住む部屋がないじゃないか。金もないし、もうすぐ首を切られるじゃないか。このみじめな時代に家庭を作ろうとするやつがどこにいる？」

それに対してスワヴェクは興奮して言い返します。

「それじゃ父さんは今よりましな時代に結婚したって言うの？」

レヴァンドフスカ夫人は夫と息子を交互に見比べ、おろおろするばかりでした。この日、ゲノヴェファにもお昼は出されましたが、早々に退散させられてしまいます。オペラ座でマチェクに邪険に扱われたクレスカは絶望に陥り、数日後、ボレイコ家の長女ガブリシャに会いに行きました。心の傷に絆創膏を貼ってもらうために。クレスカを、そしてボレイコ一家を襲った〝不幸〟の後はボレイコ一家がクレスカの一番の理解者でした。クレスカはガブリシャに自分の辛さを訴えます。

「ガブリシャ、わたしは世界が悪だなんて思っていない。むしろ美しいと思ってる。ただ、今の時代はひどすぎる」

「まだ子どもね。別の時代がいつあったというの？　ヤンカ、いつも同じじゃない。愛と憎しみ。善と悪。虚偽と真実。たまたま悪に取りつかれたといっても、それはわたしたちが特別な犠牲者というわけではないでしょう。運命が課した試練と思って、自らの道を進めばいいのよ」

「どうやってできるの？　この希望も展望もない時代にどんな道を進むことができるっていうの？」

「ああ、何を言うの、同じでしょ、どんな時代も。考えて、選んで、闘って、進歩して、愛して…」

ガブリシャの考えはあくまでも楽観的です。

作品の背景として現実社会をリアルに描いている作者ではありますが、『クレスカ15歳 冬の終わりに』に限っては暗示的表現が多く見られます。文中には、〝担任に代わって電気工のような口髭を生やした実習生が来た〟という文章があります。この電気工とは、口髭がトレードマークだった独立自主労組『連帯』の委員長ワレサ（正確な発音はヴァウェンサ）を暗に示しています。このように明確な表現が避けられているのは、一九八一年十二月から一九八三年七月にかけてポーランドは戒厳令下にあり、密告と検閲がまかり通っていて、〝夫が逮捕された〟とか、〝連帯活動家だった〟とか〝ワレサ〟という言葉が使えなかったためです。前述の〝不幸〟とは、ボレイコ家の父親、そしてクレスカの両親が連帯運動に加わったために逮捕、拘留されていることを暗示しています。

レヴァンドフスキ家の父親が口にした〝このみじめな時代〟あるいはガブリシャが言う〝別の時代がいつあったの？〟という言葉。それでは、ポーランドは一九八一年十二月に始まった戒厳令下のみじめな時代に至るまで、どんな時代を経て来たのでしょう。

強国に翻弄された歴史

ポーランドの国名はポーランド語ではポルスカと言い、その由来はポーランド建国時の十世紀後半にポズナンおよび、その北東にあるグニェズノの城砦を中心にして住みついていたポラーニェ部族にあるとされています。ポラーニェとは〝平原の民〟と言う意味で、ポルスカとは〝平原の国〟と言う意味です。ポズナンおよびグニェズノはポーランド国家発祥の地です。歴史上、ポーランド最初の君主とされるのはポラーニェ族出身のミェシュコで、このミェシュコとその息子ボレスワフの時代にポーランド国家は統一されました。

十一世紀前半に国政の中心はポズナンとグニェズノから南のクラクフへと移りました。十三世紀に入るとバルト海沿岸からポーランドにドイツ騎士団が入って来ます。ドイツ騎士団とは第三次十字軍の際に創設された宗教的・軍事的組織で、次第にその勢力を増し、バルト海沿岸一帯に強い国家を作ろうとしてポーランドに大きな脅威をもたらしました。このドイツ騎士団に対する対抗手段となったのがポーランドとリトワニア大公国が合体して誕生したポーランド・リトワニア連合王国の成立です。両国は別々の軍と政府を持つものの、共通の国王と議会によって統括されました。一四一〇年、ポーランド・リトワニア・ルーシの連合軍がドイツ騎士団に大勝し、以後ドイツの東方進出は弱まりました。ところがポーランドの大国化は東の大国モスクワ大公国やオスマン・トルコとの対立を深める結果となりました。

十六世紀、ポーランドはたびたびロシアあるいはオスマン・トルコと戦ったものの、大きな戦いとはならず、しばらくは比較的平穏な時代が続きました。この時代に影響力を強めたのがシュラフタと呼ばれるポーランド貴族で、彼らは王から様々な特権を与えられ、政治・経済分野での活躍だけではなく、文化・学問の振興にも力を入れました。トルンの商家に生まれたミコワイ・コペルニク（コペルニクス）が活躍したのはこの時代で、クラクフ大学で天文学と数学を学び、やがて地動説を発表しました。しかし、この黄金時代にも陰りが見え始め、十七世紀後半になると東からはロシアの侵略が始まり、北からはスウェーデン軍が攻め込んできました。この時代はノアの洪水になぞらえて〝大洪水〟の時代と呼ばれています。

十八世紀末、ポーランドは隣接するロシア、プロイセン（ドイツ）、オーストリアに三度にわたって分割支配され（一七七二年、一七九三年、一七九五年）、第三次分割以降から第一次世界大戦が終わるまでの百二十三年間は地図の上から消えました。これに対しポーランドの人々は民族運動を起こして戦ったものの、すべて失敗に帰してしまいます。この時代、ロシア占領下で生まれ、圧政に苦しみながら成長し、成人になってから国外に出た著名なポーランド人がいます。祖国に対する彼らの思いは強烈なものでした。

その一人は一八一〇年にワルシャワ近郊のジェラゾヴァ・ヴォラ村で生まれたフリデリク・ショパンです。幼いころからピアノ演奏と作曲の分野で才能を発揮したフリデリクは二十歳を迎えると、より広い活躍の場を求めてウィーンへと向かいました。それは不安と葛藤を抱えたままの出発でした。二度と祖国に戻れないのではという不安、祖国に踏み留まって仲間たちと戦うべきではなかったかという葛藤でした。ウィーンに到着して六日後、ワルシャワではロシアに対する武装蜂起（十一月蜂起）が起こりました。ショパンはすぐに帰国し、自分も武器を持って戦おうと考えましたが、音楽もまた武器になり得ると周囲の者たちに説得され、翌年にはパリに向かい、そこで演奏と作曲活動に励みました。しかし、三十九歳の若さで亡くなる間際まで彼は悲劇に見舞われている祖国を離れた後悔と自責の念を持ち続けたのです。死後、彼の心臓は本人の遺言通りにワルシャワの聖十字架教会の石柱に収められました。

一八六七年、ロシア圧政下のワルシャワで生まれたマリア・スクウォドフスカ（後のマリー・キュリー）は子どもの頃、強制されたロシア語で学校生活を送らなければならないことが大きな悩みでした。向学心に燃えたマリアは二十四歳の時、女性には大学入学を禁じられていた祖国を出て、パリに行きます。ソルボンヌ大学で学ぶために。後に次女エーブ・キュリーが書いた母の伝記『キュリー夫人伝』のはしがき（白水社、一九五八年版）は「彼女は女性であった。彼女は被圧迫国民のひとりであった。彼女は貧しかった。彼女は美しかった」という文章で始まっています。やがてマリアは同じ科学者のピエール・キュリーと知り合います。これからもフランスで研究を続けるのか、とのピエールの問いかけにマリアは祖国に戻り、祖国の役に立ちたいと答えています。結局はピエールと結婚してフランスに留まる道を選んだマリアでしたが、祖国への熱い思いを終生失うことはありませんでした。ポーランドへの思いこそが異国で家庭を築き、さまざまな困難を克服し、科学研究を進める上でのエネルギーともなっていたのです。初めて発見した放射性元素に祖国ポーランドに因んでポロニウムと名付けたこと、ワルシャワの放射能研究所設立に尽力したこと、マリアが亡くなった時、兄と姉が彼女の墓穴に祖国の土を入れたこと、などなど、マリアのそして移民ポーランド人の祖国への愛を示すエピソードはたくさんあります。

一九一八年、第一次世界大戦の終了と共に念願の独立を手に入れたポーランドでしたが、戦後の国内統合と再建を達成しないうちに、ナチス・ドイツがポーランドに侵攻し、第二次世界大戦が始まりました。ナチス・ドイツとロシアの攻撃を受け、ポーランドは再び苦難の時代を迎えます。主な都市は徹底的に破壊され、この戦争によるポーランド人の死者の数は兵士と一般市民を合わせて六百万人を超えると言われています。五年以上に及んだ戦争は一九四五年五月のドイツ無条件降伏でようやく終止符を打ち、ヤルタおよびポツダムの会談でポーランドの新しい領土が定められました。それは「まるで衣装ダンスを動かすみたいに」と例えられるように東から西へとずらされ、東はソ連のために十八万平方キロメートルの土地を放棄し、西はドイツから十万平方キロメートル余りの領土を得ました。

戦後ポーランドは隣国ソ連傘下の社会主義体制の国として出発しました。しかし新しい領土も、新しい政治・社会体制もポーランド国民が心から望んだものではありませんでした。ソ連型の共産党独裁体制はますます強まってゆき、一九五六年、支払われない給料に業を煮やしたポズナンの労働者たちが〝パンと自由〟と言うスローガンを掲げて抗議デモを起こしました。それが暴動へと発展し、当局は軍隊を投入して多数の死者と負傷者を出しています。また同年、ポーランドカトリシズムの聖地であるチェンストホヴァでは聖マリア像奇蹟記念祭に大勢の信者が参集し、それは民衆の大きな宗教的示威行動となりました。

一九七〇年代に入ると労働争議が多発するようになりました。食料品の供給も目立って乏しくなり、特に食肉の入手が困難になりました。一九八〇年、食肉の値上げを機に各地で抗議ストライキが発生し、同年九月、バルト海に面した港湾都市グダンスクの造船所電気工レフ・ワレサを委員長とする独立自主労組『連帯』が発足しました。この運動は全国に拡大し、ポズナンでも大勢の労働者、市民、学生が参加しました。これに危機感を抱いた政府当局は一九八一年十二月、全土に戒厳令を布告して連帯活動家を逮捕拘留し、一九八三年七月に解除されるまでポーランドは街中に戦車が行き交い、銃を抱えた兵士が闊歩する暗黒の時代に入ったのです。

クレスカがマチェクへの恋心に揺れ、ゲノヴェファが他人の家から家へと回って、お昼をせがんでいたのはこの戒厳令下のことです。

愛と理想主義

リアリズムと並んでイデアリズム（理想主義）はイェジッツェ物語シリーズの根底を流れている思想です。人は日常の行動において無私と愛によって導かれている、というのが作者、マウゴジャタ・ムシェロヴィチの信条なのです。ある日、クレスカは祖父に次のような質問を発します。

「おじいちゃん、何もかもがつまらなくて、汚くみえることってある？」
祖父は穏やかな目を上げて答えた。
「よくあるさ。いや、しかし、全部ではない。どんなことがあっても、偉大で純粋で美しさを失わないものがある。どんな変化にも屈しない永遠のものがある」

祖父は他者に対する思いやりと愛こそがどんな変化にも屈しない永遠のものだと言いたいのでしょう。それは作者が読者に発している言葉そのものです。ボレイコ家の長女ガブリシャは自分自身も大きな問題を抱えているのですが、投げやりになっているクレスカに対して、次のような言葉をかけます。

「ああ、何を言うの。同じでしょ、どんな時代も。考えて、選んで、闘って、進歩して、愛して……」

さらにガブリシャとマチェクの兄ピョトルとの掛け合いの場面にも興味深いものがあります。この時代、しょっちゅう停電になりました。原因のひとつはヒューズを盗んでお金に換える者が出たためです。ガブリシャは、既に姿を消した犯人に悪態をつきながら、自ら修理しようとブレーカーに向かいます。が、途中で代用の針金片を見失い、マチェクとピョトルが住む部屋に寄って針金を所望します。ピョトルもまた時代に翻弄され、大きな国営企業を首になったばかりでした。首になったのは、彼もまた連帯運動に加わったせいに違いないのですが、このこともまた書かれてはいません。

ガブリシャがマチェク兄弟のドアをたたいた時、ピョトルはロウソクの明かりの下でノートに今日の出来事を記していました。今日の出来事が明日には歴史の一ページになることに思い至ったのです。ピョトルは、世界を支配するのは虚偽と憎悪と強欲であると言ってのけます。それに対してガブリシャは、歴史を作るのは英雄的行為であり、理想であると主張し、目の前で世界はよみがえり、変化していると断言します。目の前で新しいモラルが生まれ、新しい観念が生まれ、新しい愛の文明が生まれているとも言います。ピョトルは現実をことごとく悲観的にネガティブに見ているし、ガブリシャは楽観的でプラス思考を貫いています。

「あのね、世界を変えるのは理想主義者なのよ。意固地で、どうしようもないやつではなくて」

ガブリシャはそう言うとピョトルから針金をもぎ取り、ものすごい勢いで兄弟の部屋を出て行きます。数分後、ピョトルの机上のランプに明かりが戻りました。どうやら勝負の軍配はガブリシャの方に上がったようです。

クレスカの心の成長

祖父ドムハーヴィェツが教師をしていたリツェウム（ドムハーヴィェツは生徒を扇動した理由で学校を追放されたことも暗示されている）に転校したクレスカは登校初日、校内をうろうろしていた所へ上級生のマチェクが通りがかり、彼はクレスカを教室の入り口まで案内してくれました。自国の政治・社会の混乱に翻弄され、意気消沈していたクレスカはこの親切にいたく感動し、すぐにマチェクに恋心を寄せるようになりました。たとえ彼がイケメンでなかったとしても、この小さな親切だけで好意を抱くに十分だったのです。やがてクレスカはこの学校の勉強についてゆけないことが判明、特に数学はお手上げでした。彼女はマチェクの下宿先を訪ね、勉強を見てもらうようになり、恋心を募らせてゆきました。ところが、彼に対する自分の思いを外に現わさないようにするために、クレスカは逆にがさつで粗暴な言動に出ることが多かったのです。そのことが女性にロマンチシズムを求めるマチェクをいらだたせました。

そんな時、マチェクの前に美人マティルダが現れました。クレスカは全てに投げやりになります。悶々とした生活が続く中、彼女は祖父のかつての教え子ガブリシャ・ボレイコを訪ねました。ガブリシャは見知らぬ街ポズナンに出て来たクレスカの良い助言者で、クレスカが恋心に苦しんでいることをすぐに見抜きます。実はガブリシャも大きな愛の問題を抱えていました。夫ヤヌシュ・プィジャクがガブリシャとまだ幼い娘を残し、戒厳令を逃れてオーストラリアに行ってしまったのです。車を買うドルを稼ぐためと言い残して。

クレスカとガブリシャはどちらも愛の問題に苦しんでいると知り、数分間だけ一緒に泣くことにします。クレスカにとって共に涙を流す存在がいてくれるのは大きな救いでした。これによって彼女の心の傷に絆創膏を貼ることができたのですから。

クレスカは学校の担任、エヴァ・イェドヴァビンスカ（彼女もまたかつてはクレスカの祖父ドムハーヴィェツの教え子の一人だったことが判明）ともうまくいってはいませんでした。エヴァは過去四〇年間の教育理念にがんじがらめになっていて、病的なほどの野心家でもありました。そのくせ自分に自信がなかったし、生徒を信じることもできませんでした。狭いガラスの箱に閉じ込められ、自由を束縛されているかのように、行動にも、話し方にも、呼吸にも柔軟さがなかったのです。クレスカは祖父の前で、エヴァを冷酷なやつと批判します。それに対して祖父は、エヴァは冷酷なやつではなく、傷ついた不幸な人であって、クレスカには情が足りないと戒めます。さらに祖父は、人には反応があるまで待つのではなく、手を差し伸べなければいけないとも言います。その言葉にクレスカは、せめてエヴァを理解するように努めると約束しました。

クレスカは反抗心をむき出しにしてエヴァとやり合った際に味方になってくれた級友ヤツェクと親しくなります。ヤツェクの方は、クレスカには思いを寄せる男性がすでにいることを知った上で、友人として彼女に寄り添い、支えるのです。若い男女間にだってれっきとした友情は存在するのです。クレスカは試練を経る中、祖父や周囲の人たちとの触れあいを通して次第にある考えに思い至り、そのことをヤツェクに伝えます。

「……ヤツェク、わたしたち、自尊心のある人間として扱われたかったら、それなりの自尊心を持とうじゃない。態度で示そうじゃない。わたしが怠けたり、あなたがふざけたりするのは自尊心とは相いれないものだと思う」

エヴァは憎まれて当然のことをしていると言い張るヤツェクに対してクレスカは、誰にも人を憎む権利はない、と言い返します。

「なるほど、面白いな。愛したり、許したりすることは憎むことより難しいって言いたいのか？」

「そうよ、憎む方が簡単」

誠実なヤツェク、そして過酷な生活の中で考えることを止めないクレスカ。二人の友情にはほのぼのとした温かさが漂っています。

マチェクはマティルダに、どんな部屋に住んでいるのか見てみたいとせがまれ、自分の住む地階住宅（半分が地下にある住いで、階上にあるものより家賃が安い）に連れてきました。立派で優雅な一戸建てに住んでいるマティルダは、マチェクが住む集合住宅の長くて陰気な廊下を進むほどに冷静さを失ってゆきます。マチェクがドアを開け、明かりを点けると、そこにあったのは擦り切れた絨毯、物置小屋のような部屋。マティルダは当惑し、「まあ！　まあ！」と叫びに近い声を発しました。マチェクはその声を耳にし、一瞬にして迷いから覚め、自分と彼女が底なし淵の反対側に住んでいることを思い知ります。

このところクレスカが数学の宿題を持って来なくなったことにようやく気づいたマチェクは寂しさといらだちを覚え、クレスカを恋しがっている自分に気づきます。彼はクレスカが下宿をしているドムハーヴィェツ先生の家を訪ねました。先生は教え子たちをよく自宅に招き、いつでも自由に入れるようにとドアに鍵をかけてはいません。マチェクはドアをノックしてから部屋に入りました。部屋は暗く、先生の姿はありません。その時、隣室からすすり泣く声。クレスカがさめざめと泣いているではありませんか。この日、ドムハーヴィェツは心臓発作を起こし、救急車で病院に運ばれたのでした。突然入って来たマチェクに対してクレスカは、ずうずうしいと罵ります。呆然と立ち尽くすマチェク。その時、クレスカのつぎはぎだらけの靴下の足が目に入ります。その一つは擦り切れて穴が開き、ピンク色の指がのぞいています。それを見ているうちにマチェクの心の中に温かいものが込み上げてきました。

クレスカはマチェクに向かって、自分は黄銅になりたくないと言います。つまり、模造品にはなりたくないと言うことです。その言葉にはクレスカの精いっぱいの自尊心がこめられていました。マチェクはこれまでの自分の誤った行動を修復するためにオペラ座からの時間を取り戻し、ゲノヴェファの手を借りてある計画を立て、実行します。そのことによってマチェクとクレスカの交際は正常軌道に乗りました。

不思議な少女ゲノヴェファ

個性的な主人公クレスカに負けず劣らずの存在感を持ってこの作品に登場するのが六歳の少女ゲノヴェファです。少女はアウレリアという本名を持ちながら自らはゲノヴェファと名乗り、苗字に至ってはある時はロンプケ、ある時はトロンプケ、またある時にはゾンプケと名乗ります。

ある日、ゲノヴェファは街中で再び見かけた背の高い青年マチェクの後を理由もなくつけます。追跡の末、少女は男性が飛び込んだ集合住宅の中の別の一軒の呼び鈴を押しました。なぜそこの呼び鈴を押したのか。それは歩道から半分見えている窓を覗いたとき、賑やかに昼食を囲む一家が見えたからです。ドアを開けたレヴァンドフスカ夫人に少女は不揃いの歯を見せながら「お昼を食べに来たの」と言います。高価な毛皮コートにモヘアの赤いベレー帽、ふわふわのマフラーを身に着け、上品な外国製の革のブーツをはいた少女。その子がごくりと唾を飲みこむのを目にして、レヴァンドフスカ夫人はお腹を空かせていると感じ、キッチンに入れて、テーブルにつかせます。ゲノヴェファはおしゃべりの渦の中に加わり、話の内容はわからなくても一緒になって笑い、食べます。やがて何かお礼をと思い立った少女はご主人レヴァンドフスキ氏の目をじっと見つめながら詩を唱え始めます。

お前は老いぼれ　もうすぐあの世
鞣し工の使いの者が　お前の皮を取りにくる
お前は老いぼれ　もうすぐお陀仏
わたしのかわいい　哀れなロバよ

レヴァンドフスキ氏は仰天しながらも、かわいい子だねと言ってゲノヴェファの頭をなでるのを忘れません。一方、夫人はゲノヴェファに両親のことを尋ねます。少女は、二人とも気管支炎で死んじゃった、と答えます。ところがすぐその後で、詩の朗誦を教えてくれるのは父親だとも言うのです。

ポーランドでも日本でも陰膳の風習はまだ残っているし、不意の来客に備えて食事を多めに用意しておく習慣は、特に国全体が貧しかった時代には普通のことでした。少女はお昼時、ボレイコ家にも行きます。時代の波が容赦なくのしかかっているボレイコ家では主人のボレイコ氏も、長女ガブリシャの夫も不在です。しかし、ボレイコ夫人は突然現れたゲノヴェファをためらうことなく迎え入れました。少女はこの複雑な世界を知るために〝質問〟と言う手段を使い、どうしてテーブルの上に一組の余分な食器があるのか、どうしてそれに手をつけてはいけないのか、ガブリシャの赤ん坊の父親はどこに行ったのか、を聞き出そうとします。明確な返答は得られません。返ってくるのはボレイコ夫人の寂しそうな笑顔でした。

ゲノヴェファはマチェクとピョトル兄弟の部屋にも上り込みます。ある日、マチェクはちょうど留守で、何か食べたいと言うゲノヴェファにせっつかれ、ピョトルはインスタントスープを温めます。それまでの仕事を失い、落ち込んでいたピョトルですが、マチェクが同居したことで元気を取り戻しつつありました。ピョトルが独身だと知ると、ゲノヴェファは自から卵を焼いて世話を焼くだけではなく、夫がいなくなって寂しそうにしているガブリシャを映画に連れて行ってやってと、おせっかいまで焼きます。

ゲノヴェファがクレスカを〝一番いい人〟と慕うようになったのはオペラ座に行った晩からです。その晩、マチェクとクレスカ、そしてマティルダとゲノヴェファのペアはオペラ座にやって来ました。クレスカはオペラの途中でゲノヴェファを外に連れ出すことになりました。寒気が押し寄せ、強風が吹いている通りでは夜間パトロール隊が軍靴を打ち鳴らして歩道を行進しているという場面です。クレスカはマチェクの行動に大きく傷つきながらもゲノヴェファを家まで送って行きます。

祖父が心筋梗塞で入院し、クレスカは郊外にある病院に足しげく通います。そんなある晩クレスカの帰りを待ちわびていたゲノヴェファは彼女の姿を目にするや玄関わきから飛び出します。少女はクレスカの部屋に入っても元気がなく、ソファーの上で木の人形のようにかたくなって爪を噛んでいます。クレスカはクレープを焼くことにして、材料を混ぜ合わせる作業をゲノヴェファに与えました。それがふさぎの虫をやっつける特効薬であることをクレスカは体験上知っていたのです。ゲノヴェファはクレープを十枚も平らげてクレスカを驚かせます。食後、少女は棚の上に飾ってある女性の写真を指差して、あれは誰かと尋ねます。お母さんだとの返事に、ゲノヴェファはなおも聞きます。どうして一緒に住まないのか、と。そんなこと聞くもんでない、と答えるクレスカにゲノヴェファは、クレスカだってわたしに聞いたでしょ、と逆襲するのです。六歳の少女を馬鹿にしてはいけません。心の中では色々なことを考え、苦悩に耐えているのです。時には自分が感じた不快感や反発を言葉にすることだってできるのです。

不思議な女の子ゲノヴェファの本名はアウレリア・イェドヴァビンスカと言い、何と女の子の母親は、生徒たちに嫌われているあの教師エヴァ・イェドヴァビンスカ先生でした。〝事実は小説より奇なり〟と言うけれど、やっぱり小説も奇なりです。ゲノヴェファは肺炎でしばらく寝込みますが、ようやく良くなり、久しぶりに母エヴァに散歩に連れ出されました。動物園に行こうか、との母の思いがけない誘いに狂喜するゲノヴェファ。その時、二人は買い物帰りのレヴァンドフスカ夫人にばったりと出会います。夫人は、またお昼を食べにいらっしゃい、とゲノヴェファに声をかけます。その言葉に驚いた母は、どういうことか、と娘に詰問します。あとで話すから……動物園に行こう、と懇願する娘。

エヴァは仕事の間、高いお金を払って娘を同じ団地に住む知人の所にあずけていました。娘はそこで食事もとることになっています。そうすることで娘に家庭的な雰囲気を与えてやっていると思いこんでいる母親。母は娘のために何時間も肉屋の前の行列に並び、高価なハムやソーセージを手に入れています。それなのに娘は他人の家を歩き回り、お昼を恵んでもらっていたとは……散歩は打ち切られ、動物園行きは消えました。娘がお昼を求めて他人の家を歩き回っていたことを知ったエヴァは逆上し、娘の大好きなぬいぐるみを窓から放り投げてしまいます。

ぬいぐるみを探しに出るゲノヴェファ。ようやく探しあてたゲノヴェファはぬいぐるみを持って家出を決行し、クレスカの所、ボレイコ夫人の所を転々とします。エヴァは必死になって娘を探し回り、家庭を顧みない夫にはくってかかります。そして娘が一番慕っている人間があの大嫌いな生徒のクレスカである事実もまたエヴァを打ちのめしました。ボレイコ夫人はゲノヴェファを家に帰すべく、少女に話しかけます。うつむいて爪を噛むゲノヴェファ。夫人は少女の心の内を知るためなら半生をかけてもいいと思うほどに少女が哀れでなりませんでした。

「お母さんはあなたを愛している。愛する人がいなくなったら、どんなに寂しいかわかるよね」

ボレイコ夫人の言葉にゲノヴェファは家に戻ることにしぶしぶ同意します。ぬいぐるみをクレスカの所に置いたままで。

清潔でいつもきちんと整えられた自宅のキッチンで一人で食べる食事、あるいは預けられ先のキッチンで食べる高価なハムやいり卵はゲノヴェファの喉を通りません。ところが貧しくともみんなそろって賑やかに食べる他人の家の食卓では、少女はおかわりするほどの食欲を見せます。家出した娘を探し回ってボレイコ家に辿り着いたエヴァは、ここで娘がロスウ（牛肉や鶏肉の骨つき肉で出汁を取る澄んだスープ）を二杯も食べたと言うボレイコ夫人の言葉に呆けたように口を開けました。

「もしや特別なスパイスでも？……それとも阿片？」

「そう、阿片かも知れないわね。心のね。わたしたち、ゲニューシャ（ゲノヴェファの愛称）をとっても気に入ってますの。いいえ、アウレリアでしたね。明るくて、しっかりしていて、面白い子。人との接触にも積極的で」

娘に対するボレイコ夫人の意外な評価にエヴァは愕然とします。

偽名を使って他人の家を歩き回り、そこの家族を引っ掻き回していたアウレリアでしたが、実は逆に人々の心を開き、結びつけるスパイスの役を果たしてもいました。

ハッピーエンド

家出から自宅に戻った夜、ゲノヴェファは母が泣いていることに気づきます。お母さんも泣くことがある、という発見。娘はそっと忍び寄り、泣かないで、と言いながら母の胸に体を寄せました。ドクドクドクと脈打つ母の心臓の鼓動。いつしか少女は母の胸の中で眠りに落ちました。翌朝、母エヴァは娘アウレリアに提案します。娘がお昼をごちそうになっていた人たちを日曜日ごとに我が家のお昼に招こうと。ボレイコ一家、レヴァンドフスキ一家、マチェクとピョトル兄弟。さらにクレスカも招くと言い出す娘に一瞬、ためらう母。しかし最後は娘に同意し、わたしのハリネズミちゃん、と声をかけて、母と娘の心は溶け合いました。

さらに教師としてのエヴァは、学校権力と社会全般に抗議して曜日ごとに服の色を統一して登校する生徒たちに同調し、自分も同じ紫色のブラウスを身に着けることにします。

さて、マチェクとクレスカのハッピーエンドは？　マチェクはマティルダの表面だけの魅力に幻滅し、クレスカこそがかけがえのない存在であることに遅ればせながら気がつきます。そしてオペラ座での自分の誤った行動を消し去り、改めてクレスカとの時間を取り戻すことで若い二人はめでたく両思いとなるのです。

両思い！

ああ、血のわき立つような気分。

ああ。マチェクの冷たさに打ちひしがれて暗い街を彷徨った時と何という違い。

ああ、呼吸がこんなにも楽なものだったとは。世界が突如として美しく、居心地のよいものになるとは！

ああ、マチェク、マチェク！


どん底にいた時のクレスカを支えたのは、ガブリシャであり祖父であり同級生のヤツェクでした。いや、最も重要な導き手がいます。それは他でもなく六歳の不思議な少女ゲノヴェファでした。

こうして『クレスカ15歳　冬の終わりに』は幸せな結末を迎えます。どんな辛い時代にあっても無私と愛がある限り、乗り越えられる。この小説はそのことを教えてくれます。なぜハッピーエンドなのか、との問いに、作者マウゴジャタ・ムシェロヴィチは次のように答えています。


ハッピーエンド、つまり幸福な結末は、もちろん若者のための文学に不可欠な条件というわけではありません。しかし、読者に楽観主義と未来に対する信頼を約束するためには必要な要素なのです。……　わたしが書いている作品ジャンルである若者のためのユーモア小説は、ハッピーエンドを要求するのです。悲劇的結末で終わるコメディーなんて想像できませんからね。……

（M・ムシェロヴィチから筆者への手紙、一九九六年五月二十三日）

このシリーズに『イェジッツィアーダ』と命名したズビグニェフ・ラシェフスキはM・ムシェロヴィチのペンフレンドでもありました。彼は手紙の中でハッピーエンドに触れて次のように書いています。

……文学の種類がハッピーエンドを要求しています。それは尊重しなければならないことだと思います。……しかし、痛々しいこと、不快なこと、悲しいことも排除せずにきちんと書くことです。……

(Zbigniew Raszewski, Listy do Małgorzaty Musierowicz, Kraków 1994, ZNAK, s.133)

暗い冬が終わりを迎え、ようやく春に向かおうとしている頃、クレスカの思いはマチェクに通じ、一方、ゲノヴェファは母の氷のような心を融かし、自らも心の安定を得ます。

第三章

ノエルの日のエルカ　『ノエルカ』一九九一年十二月二十四日の物語

主な登場人物

エルカ（エルジビェタ・ストルィバ）……この作品の主人公
トメク・コヴァリク……エルカと共にサンタの姿で家々を回る青年
グジェゴシュ・ストルィバ……エルカの父親
メトディ……エルカの祖父
ツィリル（ツィリイェク）……エルカの大おじ、メトディの兄
テルペントゥラ……かつてメトディとツィリルが奪い合った女性
バルトナ……エルカが一時、魅せられた青年
ガブリシャ……ボレイコ家の長女
プィザ（ルージャ）……ガブリシャの長女
ちびトラ（ラウラ）……ガブリシャの二女
イーダ……ボレイコ家の二女
マレク・パウィス……イーダのフィアンセ

ポーランドの国教、カトリック

ポーランド国民の九十パーセント以上はカトリック教徒です。十世紀後半に国教になって以来、ポーランドのカトリックはポーランドが隣国に分割されて国を失っていた時代、ナチス・ドイツとソ連の占領下にあった第二次世界大戦期、さらに戦後のスターリン主義が吹き荒れた時代のそれぞれの激しい弾圧をくぐり抜け、信教の自由を守り続けてきました。一九七八年十月には待望のポーランド人教皇ヨハネ・パウロ二世が誕生し、翌年六月に教皇として初めて祖国を訪れた時の国民の熱狂的歓迎ぶりは今も語り草になっています。一九八〇年代に入って『連帯』運動が始まり、ポーランド各地で街頭デモが頻繁に起こるようになった時、放水車に追い散らされたデモ参加者が逃げ込んだ先が教会でした。ポーランド人にとって教会は国民としての一体性を保つ精神的拠り所であり、日常的苦難から一時でも解放される場でもありました。

国民は宗教的伝統を守り続け、祝祭日を大事に祝っています。祝祭日の中でもとりわけ重要なのがクリスマスで、待降節（クリスマス前の四週間）が始まると人々は大掃除に買い出しにと準備を始め、街の広場にはクリスマスツリーや飾りの市が立ちます。ポーランドの人々にとってクリスマスは楽しいだけではなく厳粛な内省の時でもあります。家族どうし、いや、家族だけではなく人と人が心と心で向き合い、結びつきを確かめ、強める時です。

この作品の背景は一九九一年のクリスマスイブの一日です。一九九一年といえば、ポーランドが東欧初の非共産党政権の国になってから二年余りが過ぎた頃で、『連帯』委員長だったレフ・ワレサ（ヴァウェンサ）が大統領になってからちょうど一年が経った頃です。時代の変化はポズナンでも顕著となり、共産党政権下ではヤロスワフ・ドンブロフスキ通りと命名されていたイェジッツェ町の一本の通りの名前がこの時代にはヤン・ヘンリク・ドンブロフスキ通りに変わっています。苗字は同じドンブロフスキでもヤロスワフの方は一八六一年にポーランド各地で形成された赤党グループ左派のリーダーだった人物であり、ヤン・ヘンリクの方は分割時代に祖国ポーランドの自由獲得のために起こしたコシュチューシュコ蜂起で名を馳せた人物で、ポーランド国歌『ドンブロフスキのマズルカ』の中に登場しています。

この時代には経済的変化も顕著になりました。商店には徐々に品物が増え始め、社会主義時代には当たり前の光景だった肉屋の前の長い行列が消え、クリスマス料理には欠かせない食材の鯉も並ばずに手に入るようになりました。駅構内へと通じる地下道では非合法の路上商いが盛んになる一方で、西洋並みにきらびやかなブティックも出現し始めています。

『ノエルカ』ではそんな時代のクリスマスイブの一日がエルカ・ストルィバ家とガブリシャ・ボレイコ家を中心にオムニバス風に描かれています。

ノエルの日のエルカ

十七歳の主人公エルジビェタ・ストルィバはみんなにエルカと愛称で呼ばれています。作品のタイトル『ノエルカ』はフランス語でクリスマスを意味するノエルとエルカをかけあわせたものです。母親はエルカを出産して間もなく亡くなり、彼女は父親グジェゴシュと祖父メトディ、そして祖父の兄に当たるツィリルおじに育てられ、今も一緒に暮らしています。祖父とおじは目に入れても痛くないほどにエルカを可愛がり、時にはキーチャ（子猫ちゃん）、時にはマレンカ（おちびちゃん）、時にはスカルプ（お宝ちゃん）と、特別のあだ名で呼んでいます。

雪ではなく雨が降るクリスマスイブの日、エルカは朝からそわそわと落ち着きなくある若者を待っていました。パソコンスクールで知り合ったバルトナと名乗る若者で、クリスマスイブの今日、彼はハーレーダビッドソンでエルカを遠乗りに連れ出してくれることになっていました。髪を赤く染めたバルトナは野性味にあふれ、危険な香りを漂わせています。いつも周囲からちやほやされて育ってきたエルカはバルトナのそばにいると自分の影が薄くなることを人生で初めて知りました。彼は誇り高き自由人としてクリスマスのケーキ作りとかツリーの飾りつけみたいなくだらないことにはタッチしないから、イブの日ならたっぷりと時間がある、とぬかしました。一方、エルカは生命力に満ち溢れ、勉強だけではなく英語に、ピアノに、学校新聞の編集にと能力を発揮しています。しかし、男に限らず女に限らず学友はたくさんいるものの、親友となると一人もいませんでした。心を許すボーイフレンドもいませんでした。そんな中でバルトナに出会ったのです。バルトナは無視するにはあまりにも威厳と魅力に満ちていました。

約束の時刻が過ぎてもバルトナは現れません。キッチンの窓から通りを眺めながらエルカは次第に苛立ちを募らせてゆきます。わきのテーブルではツィリルおじがイブの料理作りに専念しています。おじは落ち着きのないエルカに時々愛情のこもった視線を向けながらビゴス（酢漬けキャベツとソーセージ、キノコなどの煮込み料理）を弱火のガスにかけ、ピェルニク（蜂蜜ケーキ）を完成させ、次にキャベツ入りピェロギ（ポーランド風ぎょうざ）にとりかかっています。おじは何ごとにも几帳面なタイプで、手を抜くことをしません。鼻の長い面長の顔に銅のようにピカピカの禿げ頭。ワイシャツにネクタイをつけ、その上にナイロン製エプロンをしめています。そのいでたちはこの老独身男のスマートな優雅さを損じてはいません。

買い物に出ていた祖父メトディがずぶぬれになって帰宅しました。大きな顔に銀髪の髭をはやし、アーネスト・ヘミングウェイそっくりの祖父はキッチンに現れるなり、とろ火にかかっていたビゴスの味見をし、ツィリルに見つからないようにグラス一杯のワイン、オリーブの葉、干しハタンキョウの実を加えました。祖父はおしゃべりで、ほら吹きで、さらに快楽主義者で、まるで王様のように気前よくエルカにチョコレートやアイスクリームを買い与え、好んでサーカスや人形劇に連れ歩いてきました。エルカが筋道立った行動のできる勤勉な人間に成長したのがおじツィリルのおかげだとしたら、子ども時代のあらゆる無上の喜びは祖父メトディのおかげで味わったものでした。

祖父は新聞を買い忘れたことを思い出し、エルカにキオスクまで行ってきてほしいと頼みます。しぶしぶとコートをはおり、玄関に向かったエルカに祖父はついでに葉巻も買ってきておくれとのたまいました。

家の近くのキオスクに新聞はなく、エルカは早足で駅へと通じる地下道に駆け下りました。地下道ではルーマニア出身のジプシーが殴り書きの紙片を手にして通路に直接坐り込み、物乞いをしていました。そのかたわらでは若いジプシーの母親が赤ん坊に授乳しています。少し離れた所では学生風のベトナム人が室内履きやブラウスなどを売っていますし、旧ソ連邦市民がゴルバチョフの顔のマトリョーシカを並べています。キオスクわきには折りたたみ椅子に腰をおろし、絵を売る不思議な年配の女性もいました。つかの間、いわくありげな微笑みがエルカとその女性をつなぎました。

地下道のキオスクで新聞と葉巻を手に入れると、エルカは急いで帰宅しました。ところがキッチンに入るなり彼女は財布が消えていることに気がつきます。

ボレイコ家のイブ支度

ボレイコ家ではイブの支度に加え、次女イーダの結婚式を翌日に控え、一家総出で朝から大わらわでした。心ここにあらず、放心状態のイーダは練り粉に蜂蜜ではなく液状ラードを入れてしまい、ピェルニクを台無しにしてしまいました。ガブリシャは卵とバターと砂糖を買い足すために再び買い物に出かけ、ちょうど今、戻ったところです。

料理作りの中心は小柄で、痩せていて、白髪で、いく分背の曲がったボレイコ母さんです。バルシチ（ビーツの入った酸味のある赤いスープ）にビゴスにウーシュコ（耳の形をした小さな餃子）、イブには欠かせない鯉料理にラビオリ、クーチャ（ひき割り麦に皮なしアーモンド、ケシの実、蜂蜜などを加えて作るイブの料理）等々、イブの晩餐には十二品もの料理が並びます。猫背で、頭髪は薄く、ブロンズ色の温かい目を分厚い眼鏡の奥に隠しているボレイコ父さんだけは喧騒が渦巻く中にあっても、お気に入りのマグカップでちびりちびりとお茶を飲みながらいつも通りに読書を楽しんでいます。

イーダは恋する女に特有の憂いに満ち、ぼーっと遠くを見つめています。三女ナタリヤと四女パトリツィヤは肉挽き器でケシの実を挽きながらひそひそと声を交わし合い、ちらちらとイーダに目を向けていました。ガブリシャの小さな娘たち、プィザ（本名はルージャ）とちびトラ（本名はラウラ）は炒ったアーモンドの皮をむきながら二人してひっきりなしに笑い転げていました。そんな中、クリスマス聖歌の曲が静かに流れていました。

ガブリシャはキッチンの戸口で家族の様子を目にし、クリスマス聖歌を耳にしました。その時、わけもなく彼女の頬に涙がつたいました。決して悲しいわけではありません。それはガブリシャにとってイブ特有の涙でした。

その時でした。


「アアーッ」続いて耳をつんざくような叫び声がした。声の主はたった今までロマンチックに物思いにふけっていたイーダで、窓台から飛び降りると、その場に仁王立ちになった。真っ青な顔、息も絶え絶え、目を剥いたまま家族一同を見つめている。

「どうしたの?」一同はぎょっとして彼女を見た。どんなに緊張した場面でも無視することに馴れている父さんだけは本から目を離さず、穏やかな笑みを浮かべたまま読み続けていた。

「ああ、まさに悪夢」イーダは呻き、その場で足踏みをし、やがて髪を掻きむしりながら早足で円を描くようにキッチンの中を歩き出した。

家族はそんなイーダを呆けたように見つめた。

「イーダ!」ついに母さんは断固とした態度で医学博士であり自分のとっくの昔に成人した娘であるイーダの骨ばった肘をつかんだ。「どうしたの? 話しなさい。さもないとお尻ビンビンよ」

この伝統的な母さんの言葉にイーダは立ち止まり、母さんをまるで生まれて初めて目にするみたいにまじまじと見つめた。自分の前にいるのが母親だとわかると、絶望的な声で母の胸に顔を埋めた。

「オオオーオオ！」イーダは吠えるような声を出した。「わたし、結婚しなーい！」

「何だ、しない！」父さんが突然われに返って本から顔を上げた。

「結婚式は白紙！」イーダの目から涙が噴き出した。「母さん、父さん！　わたし、パンプスを買うの忘れてた！」


イーダは結婚式で履く白いパンプスを買い忘れたと言います。女性にしてはイーダの靴のサイズは馬鹿でかく、幅は狭いのに甲高ときています。ぴったりの靴を手に入れるのが至難の業なのです。母さんの一声で姉妹たちは手分けして街中の靴屋に出向き、探し回ることになりました。父さんは再び読書の世界に戻りました。

エルカの乱心

エルカの父親グジェゴシュは鯉を手に意気揚々と帰宅しました。行列に並ばずに買えたと言います。彼は数学博士で大学の教員をしています。白髪交じりの顎ひげを生やし、いつも困惑気味の表情を浮かべた四十男です。キッチンに入るなり、町じゅうが商品であふれ、ポーランドもヨーロッパ世界になった、と家族に向かって報告しました。

孫娘が見失ったという財布を探すために街に出ていた祖父メトディも戻ってきました。財布は地下道のキオスクのカウンターに置き忘れていて、ラッキーなことに中味も無事でした。エルカもツィリルもほっと胸をなでおろしたものの、メトディは妙に興奮状態にあります。
　家族が全員そろったところで、エルカは自分の留守の間に誰かから電話がなかったかと尋ねました。それに対してツィリルは訪問客があったけれど、応対したメトディが追い払うようにすぐに帰してしまったと答えました。バルトナはハーレーの故障を直すことに手間取ったものの、約束通りにやって来たのです。ところがメトディはバルトナのツッパリ風の小汚い格好を見るなり、可愛い孫娘のデート相手にはふさわしくないと即断し、お引き取り願ったのでした。エルカは激怒し、かんしゃくを起こします。ところが祖父はそれを意に介さず、興奮状態のままツィリルにビッグニュースを告げました。

「落ち着け、ツィリイェク」弟は兄に向って言った。「まず話を聞け、俺はロータリーの下のキオスクに向かった。用事を終えて出ようとした時、目に入った。壁際に立てかけてある美しい絵。すぐにぴんときたんだ。あんな雲を描くのはあの人しかいない。あの人がよく言ったことを覚えてるか？　〝真っ黒の雲にだって銀色の縁がある〟とな。中国のことわざだ。俺はすぐに思い出したよ。絵のわきを見た。何が目に入った？　折りたたみ椅子に坐るテルペントゥラだ」

メトディとツィリルの対立は今に始まったことではありません。兄ツィリルはメトディが生まれてからこの方ずっと能天気なこの弟の面倒を見なければならず、弟の保護者として何ごとにも譲歩を強いられてきました。ツィリルはいつもお利口な子どもであり、お利口な生徒であり、お利口な学生でした。ところが周りの娘たちがいちころになったのはツィリルにではなく落ちこぼれ学生のメトディにでした。兄は自分の魅力的なガールフレンドをつぎつぎに弟に奪われることにいつも耐えてきました。しかしテルペントゥラが出現した時、兄ツィリルは変わりました。兄は弟の顔をぶんなぐると、俺を選ぶか、弟を選ぶか、とテルペントゥラに迫ったのです。自立心と自負心に富んだ女性であるテルペントゥラが取った行動は彼女流でした。二人の男の鼻先でせせら笑い、踵をかえすと消えたのです。その時からすでに四十二年の歳月が流れていました。

メトディは我が家のイブの晩餐にテルペントゥラを招待したと告げます。それを耳にしたグジェゴシュはラッキーチャンスとばかりに自分も今晩の予定を宣言しました。その内容は、我が家で早めに晩餐をすませた後、ある女性の家に出かけるというものでした。

「彼女は独身、僕も独身……イブのひと時を彼女と過ごしたいんだ」

「ほらね」告白の後、周囲を満たしたぞっとするような沈黙をエルカは破った。すでに声には出ていたヒステリーが最高潮に達し、さすがに三人の男たち全員が彼女に目を向けた。「父さんも独身なの、えっ？　父さんには誰もいないの、えっ？　イブには家にいなくてもいいと思ってるの、えっ？　どっかのいやらしい女の所に飛んで行ったらいいのよ！」ここでエルカはワッと声を上げて泣き出した。「卑怯者!!!」彼女は声を限りに叫んだ。「バルトナを追い出して！　テルペントゥラ！　独身！　それじゃわたしは？　わたしは?? わたしは??? わたしなんかどうでもいいの？　みんなどうしちゃったの？　我が家のイブはどうなるの?!」

ツィリルはエルカの涙にぎょっとし、彼女の方に手を差し出しました。エルカはその手を払いのけ、コートをひっつかむと家を飛び出しました。

エルカの家出

傘を持たずに飛び出したエルカは雨に濡れながらやみくもに走り、気がついたらロータリー下の地下道に来ていました。ロシア人、ベトナム人、ジプシー、そしてもちろんポーランド人も屋台や簡易ベッドの上に、あるいは床に直接敷いた毛布の上に様々な商品を並べて売っています。その時、エルカの目に金色のルピナスと青い空に浮かぶ雲が描かれた不思議な絵が目に入りました。傍らの折りたたみ椅子の上にはさっき見かけた年配の女性が坐っています。この女性こそ祖父のメトディが今夜の晩餐に招待したテルペントゥラに違いありません。

エルカはさらに増した怒りに身を震わせ、女性に向かって厳しい声をあびせました。

「あんたになんか家に来てほしくないの!!!」

この言葉を吐いてすぐに、エルカは自分の言動が怖くなった。しかし、後の祭り、言葉は発せられ、テルペントゥラの耳に届いてしまった。この短いセンテンスを発しながら、そのセンテンスの顛末を目にし、自ら引き起こした癇癪の成り行きを観察するというぞっとするような感情を味わった。老いた女性はしばらく呆けたような目でエルカを見つめていた。浮かべていた微笑がしだいに消えていく。ところが、突如として若い娘が発したセンテンスが女性の頭の中で遅ればせながら爆発したのか、青白い顔に衝撃の波が現れた。泣いて怒りを露わにしているこの美しい娘が誰であるかを女性は理解した。

「それじゃ行かないわ」女性はエルカの顔を見つめながらそう答えた。視線をはずさずに見つめ続けている。大きくて透き通った青い目は何本もの皺に囲まれ、つき刺すように鋭く、氷のように冷たかった。

エルカの背に悪寒が走った。

パニックに陥った。失言をどう撤回していいのかわからず、この酷い状況から脱することができないのではと恐れ、結局取った行動はテルペントゥラにさらに強いことを言って状況を一層悪くすることだった。

「路上の物売りなんかにうちのイブに来てほしくないの!!!」

エルカは自分がみじめでした。むかむかとするような熱気に息を詰まらせました。紛れもなくそれは羞恥心のなせる技でした。誰よりもバルトナに会いたかった。そうだ、バルトナを紹介してくれたのはパソコンスクールに通っているパトリツィヤ・ボレイコだ。彼女ならバルトナの住所を知っているだろう。エルカはボレイコ家に向かいます。

パトリツィヤは留守でした。ボレイコ夫人は面識のない、ずぶ濡れのエルカをキッチンに通し、そこでパトリツィヤの帰りを待つようにと言ってくれました。夫人はコートを脱いで、タオルとドライヤーで髪を乾かすようにと進言すると、疲れたので少し休むと言って自分の部屋に消えました。イーダのための白い靴を見つけ、最初に戻って来たガブリシャは母親から残りの料理づくりを引き継ぎ、エルカにマッシュルームの皮を剥く仕事を割り当てます。パトリツィヤの友だちと言うだけで、この家では何と自然に受け入れられることでしょう。自分の家とは何という違い！　手を動かしながらエルカはガブリシャとおしゃべりをし、笑い合いました。

「この家ではみんないっぱい笑うのね」突然エルカはぽつりと言った。

「あんたの家では笑わないの？」ガブリシャはまた笑った。

「うん、どちらかっていうと、笑わない」エルカは生まれて初めて〝どうしてか？〟に思いを馳せた。「そう、わたしの父親って暗い人なの。ずっと昔に母親が死んでしまったからかもしれない。大おじのツィリイェクは憂鬱症で変人だし、祖父は……祖父が笑うのは誰かに嫌味を言うときだけ。どちらかと言うと、祖父も暗い方かな」エルカはため息をついた。「わたしったら、べらべらしゃべってしまって！」エルカは首をかしげた。「その男の子のことも話してしまうわ。彼のことはパトリツィヤが知っていて、だから彼女、どこを探せば彼が見つかるか、知ってると思うの。あだ名がバルトナと言うことしかわたしは知らないから」

エルカの口から飛び出したバルトナと言う名前に、ガブリシャはピシャリと手を打ち、バルトナのことなら彼の親友のトメク・コヴァリクが全部知っていると言います。そしてすぐにトメクの所に行くようにとすすめ、住所を教えてくれました。エルカはガブリシャに傘を借り、トメクの家に向かいました。

エルカ、天使になる

トメクの家はボレイコ家からはそれほど遠くはなく、オペラ劇場わきの小路を入って右側二番目の一戸建て住宅でした。呼び鈴を押すと超ミニスカートの女の子（トメクの妹）がドアを開け、廊下の奥から背の高い、動作のきびきびとしたサンタクロースが現れました。幅の広い肩からフードつきのピカピカの赤いマントが下がり、顔は赤く色塗られ、顎ひげと口ひげは本物の白髪、ジャガイモみたいなプラスチックの鼻には白い眉毛の付いた眼鏡が固定されていました。

トメク・コヴァリクはサンタクロース（ポズナンでは厳密には〝星の御使い〟と言う）に扮し、学生協同組合が組織したアルバイト――依頼を受けた町内の家を回って子どもたちにプレゼントを配る――に出る準備の真最中でした。彼はエルカを見るなり、一緒に回る〝天使〟役の女の子がやってきたと思いこみ、少し甘さには欠けるけれど、天使の役にぴったりだと言いました。エルカは行き違いを感じながらも、家出中の身にバイトは好都合だと思い、天使の役を引き受けることにしました。

エルカは分厚いコートの上に薄い金属箔でできた翼付きの白い衣装をはおり、サンタに誘導されながら打ち合わせ場所へと向かいました。途中、彼女は急ぎ足のトメクを制し、自宅に寄ってもらいます。コートを脱いでセーターに着替えたかったし、心配しているであろう家族に帰りが遅くなることを伝えたかったからです。何だかだと言ってもやっぱりエルカは家族のことが気がかりだったのです。

キッチンに入ると、エルカの養育を巡って口論中だったツィリルとメトディは天使姿で戻って来た孫娘をあっけにとられて見つめます。コートを脱ぎ捨て、キッチンの椅子にかかっていたツィリルの毛糸のジャケットを着こみ、その上に天使の衣装を着けるとエルカは玄関に急ぎました。その直前、エルカはテルペントゥラが我が家の晩餐には来ないことを急いで伝えました。

サンタと天使のイブ行脚

雨は断続的に降り続いています。サンタと天使はガブリシャに借りた傘に一緒に入り、仕事を開始しました。リストに登録されている家に到着すると、まずは天使が聖歌を歌いながら部屋に入り「ここにお利口な子はいるかしら？」と問いかけます。その間にサンタは家族が用意しておいたプレゼントを袋に詰め込み、頃合いを見計らって登場します。サンタは鞭を持っていて、お利口ではなかった子にはそれを行使することになっています。しかしすぐに天使が割って入り、サンタの行き過ぎた行動を制するのです。「いい子になる」と言う子どもの一言で全てはめでたしめでたし。みんなで再び聖歌を歌い、時には家族と一緒にオプワテク（薄い煎餅状の聖餅）を分け合ったり、一緒にごちそうをいただいたりしてから退散します。

エルカの家ではイブのプレゼントはツリーの下に置くことになっていて、サンタクロースからもらう習慣はありませんでした。雨の道を次の家に急ぎながらエルカはさっきトメクがつぶやいた言葉を反芻しました。トメクは子どもの頃、サンタクロースに扮しているのが父親だと分かってからも、この日、自分の悪行に罰が下ることがすごく怖かったと言うのです。その怖さのおかげで今のまともな自分がいる、とつぶやいたのでした。

普段は気づかなかったけれど、地区には様々な家族が暮らし、様々な人間模様が繰り広げられていることをエルカは知りました。混乱した世情にあっても物質的に驚くほど豊かで、プレゼントに高価なパソコンをもらう小さな男の子もいれば、病気を患い、クリスマス期間だけ一時退院してきた子どももいました。イブの晩餐直前に父親が心臓発作で病院に運ばれた家もありました。さらにサンタクロースの存在を全く信じておらず、その子たちの父親の機転でトメクが窮地を脱した家もありました。

二人はバルトナの家も訪れました。驚いたことに、バルトナは髪だけは赤く突っ立ったツンツンスタイルだったものの、白いワイシャツに黒いネクタイを締め、こぎれいなエプロンをつけ、家族にこき使われていました。本人も何だかんだ言いながらも、いそいそと手伝っているではありませんか。これまで抱いていたイメージとのあまりのギャップにエルカの恋心は一瞬にして消えてしまいました。

クレスカとマチェク夫妻（クレスカとマチェクは結ばれていたのです！）の家では幼い娘のカーシャにだけではなく、夫妻にも、そしてクレスカの祖父ドムハーヴィェツ先生（リツェウムの教師をしていたので、みんなに先生と呼ばれている）にもプレゼントが待っていました。カーシャにはクマのプーさんの大きなぬいぐるみ、クレスカにはお気に入りの香水、マチェクには毛糸の帽子と手袋。ところがみんな包みを開けて歓声を上げているのに、ドムハーヴィェツ先生だけは箱を前になかなか開けてみようとしません。

「おじいちゃん？　開けないの？」クレスカはしびれを切らした。

「待っておくれ」先生は答えた。「もうちょっと待っておくれ」

「どうしたの?!」クレスカは声を上げて笑った。紅潮させた顔が素敵だった。

「クマのプーさんが発見したこと、覚えてるかね？」ドムハーヴィェツはクレスカの刈り上げの頭をなでながら聞いた。「蜂蜜を食べるのはとっても嬉しいことだ。でもそれを食べている時よりももっと嬉しい瞬間がある。それは食べ始める直前だ！」

「おじいちゃん、今はどの程度まで嬉しいの？」クレスカは祖父のしわしわの褐色の手を撫でた。「だっておじいちゃんたらその箱を開ける気がないみたいなんだもの、何だか心配になるわ！」

「それはあり得るな」先生は笑った。「でもわたしは、何よりも包装を解かれる前のプレゼントが好きなんでね」

みんなに急かされてドムハーヴィェツ先生はようやく包装を解きました。包み紙の下から現れたのはSONYと書かれたボール箱で、中には二つのカセットホルダーが付いたラジカセが入っていました。今使っているプレーヤーよりももっと良い音でモーツアルトを聞くことができるようにとの若夫婦の計らいでした。祖父の喜び様は尋常ではなく、マチェクが早速モーツアルトのカセットを入れ、曲が流れだすと、とろけそうな笑みを浮かべました。エルカはこの一家の温かい空気に触れ、許されるなら永遠にここに留まりたいと思う程でした。

ドミニコ教会のショプカ

ボレイコ家はイブの晩餐に二女イーダの夫になるマレクとマレクのお母さんを招待していました。初対面の未来の姑がやってくるというのに、イーダの部屋のカーテンは汚れたままです。父さんはカーテンをはずしてすぐに洗濯機にほうり込もうと提案し、実践します。梯子に上り、カーテンをはずしたまでは順調でしたが、その後、バランスを崩し、父さんは梯子から転落、そのまま床の上で動けなくなってしまいました。娘の医師イーダが下した診断は尾骨損傷。ところが父さんは背骨が折れたと言い張ります。ガブリシャは懇意にしているコヴァリク医師（トメクの父親）に往診を頼むために二人の娘を連れて呼びに行きます。コヴァリク医師は快く診察を引き受け、車で駆けつけてくれることになりました。

帰途、ガブリシャ母娘はショプカを見るためにドミニコ教会に寄りました。ショプカとはクリスマス期間中に飾られるイエス・キリスト誕生の模型のことです。ドミニコ教会の側面礼拝室には毎年、その年の世相を反映した模型も飾られます。その模型が公開されるのはパステルカ（クリスマスの真夜中に執り行われるミサ）の一時間前だけでしたが、ボレイコ家と親しくしている神父は特別にカーテンを上げてガブリシャ母娘に見せてくれました。

例年どおり側面礼拝室の全空間はまるで劇場の舞台のようだった。右側には誰かの住まいに通じる階段、戸口には表札と数本の牛乳瓶。ドアわきの窓ガラスにはテレビ画面の青ずんだ光が映り、もう一つの窓にはクリスマスツリーのランプが光っている。奥には街灯があって、その下のベンチにはみすぼらしい身なりの浮浪者が横になっている。ドアのすぐ前の階段にはフードの付いた巡礼服姿の男が立っていて、直前にドアをたたいた動作で立ちすくんでいる。

「見て、あっち！」プィザは母親の袖を引っ張りながらささやいた。

薄闇の中、階段の一番下で女性が待っている。体全体を頭からすっぽりとかぶった大きな布で覆っていて、女性の顔をうかがい知ることはできない。しかし、傾けた頭のすぐわきの布の中から赤ん坊の小さな頭が覗いて見える。

「ねえ、あの家の人、ドアを開けてくれるかな？」ガブリシャはちびトラのつぶやき声を聞いた。

「開けると思うよ」神父もつぶやくように答えた。「わが町では多くのドアが今日は開けられます。いや、わが町だけではなく、あらゆるところで」

「素晴らしいわ」ガブリシャは言った。「何よりもそのことが一番大事なのね。それが今年のテーマなのね」

その時、薄暗い側廊に怒鳴り声が上がりました。毛皮コートに身を包んだ年配の女性がルーマニア・ジプシーの女の子を指で威嚇しています。女の子は鮮やかな色の汚れた服をまとい、腕には物乞いに欠かせない段ボール片をぶら下げていました。ガブリシャは胸が締め付けられるのを感じながら側面礼拝室のカーテンをおろし、電気を消して出口へと急ぎました。娘たちの姿が見当たりません。

回廊近くで大きな声がします。さっきのジプシーの女の子、そしてその女の子よりも幼い、やはりぼろぼろの服を着たもう一人の女の子を取り囲むようにして、プィザとちびトラが毛皮の女性と言い争っていました。

「教会は汚い物乞いのための場所ではないのよ！」毛皮の年老いた女性は頑として言い放った。「この子たちを神の家に入れなさんな。通りへ追い出しなさい！　通りが彼らの居場所なんだから」

「どうして通りなんですか？　それに……汚いのはその子たちのせいじゃありません！」

プィザはあごを突き出し、震え声で言った。

「この子たちのせいじゃないよ！」ガブリシャは今度は勇敢なちびトラの声を耳にした。

「それにこの子たちは教会で物乞いしちゃだめだって、知らなかったもん」

「大人になったらわかるよ」女性は諭すように言った。「生きていくことが厳しいことをね。誰だって自分の心配は自分でしなけりゃならない。他人に助けを求めるわけにゃいかないのさ」

「そんなこと、わかりたくないです」プィザの声はさらに震えた。

「このわたしのことだってね、誰も心配してくれたことなんてありゃしないんだよ！」

毛皮の女性は叫ぶように言った。彼女の声もまた震えていた。

何ごとかと次々に人が集まって来ます。中にはジプシーの少女たちに施しをする人も現れました。ガブリシャは娘たちのところにたどり着こうと、人垣をかきわけました。

「だって今日はクリスマスイブです！」群衆の奥から大きなプィザの声がした。泣き声になっている。「ママ？　ママ！　どこにいるの」

「ここよ!!!」ガブリシャは人の背中越しに叫んだ。

「ママ、この人たちに言ってやって！　今日はドアを開けるように、って神父さんは言ったよね」

「誰に開けるのさ?」毛皮の女性は嫌味たっぷりに訊いた。「このジプシーたちにかい」

「もちろんです！」プィザは叫んだ。

「あんたたちの金を盗むためにかい？　家に火をつけるためにかい？」

「この子たち、そんなことしないもん！」ちびトラはすかさず姉の援護に回った。

「ほう、そう思うんだったら、この子たちを本当に家に連れてかえりなさいよ」

「そうします！」ピィザはきっと顔を上げて宣言した。「ママ、そうだよね、この子たち、わたしたちと一緒に帰るよね？」

「もちろんよ」群衆をかき分け、ついに子どもたちのわきに立ったガブリシャは穏やかに答えた。「もちろんわたしたちと一緒に帰るわよ」

その通りになった。他に道はなかった。

ボレイコ家のイブの晩餐

午後七時きっかり、サンタと天使は約束通りにボレイコ家に到着しました。晩餐の支度は整っていて、サンタと天使にも食器が用意され、先ずはテーブルに着くことになりました。今晩のために新調された白いクロスがかかったテーブルにはリンゴとオレンジとナッツの盛り皿、コンポートの壺、一握りの干し草、オプワテクの箱、そして食器が並べられています。ボレイコ家の面々、イーダの未来の夫マレクとその母親、二人のジプシーの女の子、そしてサンタと天使がテーブルを囲み、にぎやかな晩餐が始まりました。息子の結婚式に出るために移住先のアメリカから祖国に一時帰国したイーダの未来の姑はボレイコ母さんの旧友であることが分かり、両家の母親は興奮気味でしたし、ジプシーの女の子たちは言葉は通じないものの身振り手振りでプィザやちびトラとコミュニケーションをとっています。

エルカはボレイコ家の一人一人を観察しました。中でもガブリシャがひときわ魅力的でした。エネルギッシュで力強く、そのくせどこか不安げで控えめな優しさに満ちていました。わたしもガブリシャに思いやりをかけてもらいたい、おどけた声で叱ってほしい……それはエルカにとって思慕のような感情でした。

電気が消され、クリスマスツリーとテーブルの上のロウソクに火が灯されました。プィザが聖書の一節を朗読し、続いてボレイコ父さんの一声で（何と、ボレイコ父さんは立ち上がっているではありませんか！）オプワテクの交換が始まりました。エルカはトメクと向き合い、オプワテクをちぎって交換し、化粧の顔を見つめ合い、互いの健康と幸せを願いました。

そしてバルシチに始まり、イブの料理が次々に登場しました。


「クリスマスイブには茸𩸽、人参𩸽にビーツ𩸽でしょ、それからユダヤ風の鯉にキノコ入りのピェロギ、ケシの実入りのピェロギ、リンゴ入りピェロギ、それからクーチャとケシの実ミルクがなくちゃね」プィザとちびトラは舌なめずりしながら料理を数えあげた。

久しぶりに祖国に戻ったマレクのお母さんはポーランドの政情が気になって仕方がありませ

ん。大統領について、首相について、ＥＵ加盟について質問を始めました。しかし、クリスマスイブのテーブルに政治を持ち込むと、それまでの楽しい雰囲気は台無しになり、ドアや窓、壁の隙間から社会の反目といら立ちが侵入してツリーの下にはびこるのが関の山です。ボレイコ母さんは機転を利かして大好きな詩を口ずさみました。

瑠璃色の空を飛び回る鳥に尋ねた
君は左の者、それとも右の者？
〝これは重大な問題なので……〟
鳥は答えた〝わたしは上空の者です……〟
ユリアン・エイスモンド（一八九二〜一九三〇、ポーランドの詩人、童話作家）

この詩のおかげで話題は料理の味へ、そして楽しいはずのイブの夜になぜか寂しさを感じると言う話題に移りました。ガブリシャは急に真面目な顔をして考え込みます。

「その寂しさって憧憬の思いと何か関係があるんじゃないかしら」ガブリシャは言った。「ガラスの向こうの明かり……とっても近くに見えるのに、触れることはできない、わたしたちと明かりを隔てている物は何もないように見える。でも、実際には隔てられている」

ボレイコ父さんは長女の的確で美しい表現に心からのほめ言葉を送ります。ガブリシャは誇らしげに顔を輝かせながら食べ終えた各自の皿を集め始めました。いよいよサンタと天使の出番です。二人はプレゼントを袋に詰めました。もちろんジプシーの女の子たちにもプレゼントはありましたし、何とトメクとエルカにまで準備されていました。トメクはオーデコロンを、エルカは素敵な手鏡を手にしました。

エレベーターの中で

大きな団地のアパートの上階にある最後の家では父親が心臓発作を起こし、バイトはキャンセルになりました。サンタと天使は引き返し、下りのエレベーターに乗りました。ところがそのエレベーターが階と階の間で停止し、動かなくなってしまいます。最初はパニック状態になったエルカでしたが、トメクの誠実で落ち着いた態度に接して冷静さを取り戻し、ボレイコ家からのプレゼントの手鏡を取り出して顔を覗き込みました。そんなエルカの様子を目にしながらトメクは自分の抱える深刻な問題を語り出します。

「俺のおやじって気の毒なんだぞ」突然トメクは口を切った。「俺が自分の望むような息子でないもんだから、我慢ならないんだ。だけど、俺は俺であって、別人になんかなれないだろ。わかるか？　誰だってありのままの状態がその人の姿だ。ところが俺のおやじときたら、息子である以上は自分のように考え、自分のように学び、自分のようになるべきだと思ってる」

「医者に」

「うん。それも絶対に外科医に。人の皮膚を切るなんて、考えただけで恐ろしくて、手が震えてくる。そんな俺が一体どんな外科医になるってんだ？　俺には良くわかる。おやじはそれが分かっていない。でも俺は責任を感じるんだ。おやじを失望させたことがいつも心にひっかかっている。最悪なのは……何か、わかる？」

「何なの？」

「俺は何になりたいのか、自分でもわからないんだ。一体何になりたいのか。さらにもっと悪いのは、俺、自分が何者なのかもわからない」

　トメクの告白に、エルカも自分が今日しでかしたことを打ち明けました。それに対してトメクは、テルペントゥラに対するエルカの態度が卑劣だったこと、道に迷った放浪者を足蹴にしたのと同然だと厳しく、しかし穏やかに諭しました。エルカはその言葉を素直に受け入れます。突然、エレベーターが動き出し、解放されたサンタと天使は帰途を急ぎました。雨はすでに上がり、エルカとトメクはボレイコ家に寄って傘を返すことにしました。

父の意中の女性

ボレイコ家のテーブルにはケーキと果物が並び、テーブルの周りでは論争が巻き起こっていました。それはジプシーの子どもたちを晩餐に受け入れたことが良かったのかどうかについての論争でした。ジプシーの女の子たちは迎えに来た両親とその仲間によって半強制的に連れ戻されたと言います。再び、路上での物乞い生活が始まり、一時の施しなんて何の意味もない、と言う意見が大半を占める中、プィザはおもむろに言いました。女の子たちとは自分たちだけにわかる言葉で話したことを。そして彼女たちが来てくれて嬉しかったし、彼女たちも楽しいと言ってくれたことを。論争はこのプィザの一言で決着しました。

ガブリシャが幸せそうに顔を紅潮させ、キッチンからお茶を運んできました。彼女のわきにはもう一人誰かがいます。その人も幸せそうに顔を紅潮させています。誰?……ガブリシャのわきにいたのは、何とエルカの父親グジェゴシュではありませんか。こんなに明るく陽気な父の姿をエルカが目にするのは初めてのことでした。父親は一瞬、エルカの方に笑顔を向けます。しかし、化粧をした天使が自分の娘だとは全く気づきません。エルカはサンタの袖を引っ張り、その場を離れるべく急いで玄関に向かいました。父親が再婚を考えている女性がガブリシャだったとは！　エルカの衝撃は非常に大きいものでした。彼女は胸をドキドキさせたままテルペントゥラがまだいるであろう地下道に向かいました。

地下道での大団円

トメクは最後まで付き合うと言って、エルカに付いて来てくれました。

驚いたことに地下道の一角ではイブの路上大晩餐会が催されていました。中心にいるのはテルペントゥラ、メトディ、ツィリル。この三人にベトナム人、ロシア人、ジプシーの人々が加わり、その場の雰囲気はまるでペルシャの市場のようでした。テルペントゥラとツィリルのために家からツリーとテーブルと御馳走を運んできたのはメトディでした。遵法主義者のツィリルは地下道での宴会を最初は心配したものの、テルペントゥラのそばを離れたくはありませんでした。ツィリルはテルペントゥラから四十二年前の真意を告げられ、混乱してもいました。テルペントゥラは今になって告白したのです、本当に好きだったのはメトディではなくツィリルだったと。

テルペントゥラの周囲には大勢の人が群がり、様々な国の言葉が飛びかっていました。エルカは彼女の前に進みました。

テルペントゥラは黙っていた。無言でじっと立っていた。心行くまでエルカを見つめると、突然エルカの肩に手をかけて両頬にキスをした。

「オプワテクを分け合う?」かすれ気味のハスキーボイスで尋ねた。

二人は小さなオプワテク片をちぎり合った。エルカはうろたえ、絞り出すような声で言った。

「わたしを許してくれますか?……」

テルペントゥラは笑い出した。

「許すも許さないもないじゃない!」そしてエルカの袖を軽く、せわしなく撫でた。

エルカの胸から大きな石が落ちた。

それがいかに重い石であったか、落ちてから初めてわかった。


トメクは地下道の階段に腰を下ろし、エルカとテルペントゥラの様子を、そしてペルシャの市場の晩餐会を眺めました。ふとその時、脳裏にある詩の断片が思い浮かびます。全部を思い出そうと彼は目をつぶりました。

午後十時。宴会はお開きを迎える時がきました。エルカは今夜、我が家に泊まってくれることになったテルペントゥラの寝具を整えるために一足先に自宅へと急ぎ、トメクは家族が待っている我が家の晩餐へと戻ります。別れる直前、二人は向かい合い、お互いにお礼を言い合いました。そしてエルカはトメクの顔と頭からサンタの飾りを全てはずしました。現れたのは、決してイケメンではないけれど感じの良い陽気な顔。一方トメクはエルカの顔から金の星をはがし、ハンカチで頬と額の紅おしろいを拭います。二人は見つめあったまましばらく立ち尽くしました。エルカの目には感激の涙があふれました。

トメクが思い出そうとしたのはウィリアム・ブレイク（一七五七～一八二七、イギリスの詩人、画家）の『神の姿』という詩でした。

神の姿

ウィリアム・ブレイク

思いやりと、なさけと、平和と愛があるところ
われわれの祈りの言葉が流れる
どんなに打ちひしがれた人の心も
これらの徳は裏切らない。

思いやりと、なさけと、平和と、愛と
それは世界をまとめる神。
思いやりと、なさけと、平和と、愛と

それは神の子である人。

思いやりは人の心を、
なさけは人のまなざしを、
愛は神々しい人の姿を持ち、
平和は人の着る衣。

あらゆる国のあらゆる人は
苦しみの中で
人の姿をした愛と、
なさけと、平和を求める

異教の、ユダヤの、ジプシーの
人の姿を愛せよ
思いやりと、愛と、なさけの住むところ
神もそこに住む。

ノエルの一日にエルカは人生において大事な多くの事を学び、大人への大きな一歩を踏み出しました。地下道でのイブの晩さん会を眺めながら、トメクがふと思い出したウィリアム・ブレイクの詩はいつの時代にあっても人間として大事なことは何かを教えてくれます。

今、世界中に〝自分だけ良ければそれでよし〟の風潮が蔓延し始めています。わたしたちは今一度、ウィリアム・ブレイクの詩の言葉をかみしめなければなりません。

第四章

アウレリアの道程

『金曜日うまれの子』一九九三年六月二十五日から七月三日までの物語

主な登場人物

アウレリア・イェドヴァビンスカ……………かつてのゲノヴェファ、愛称はオレルカ
エウゲニユウシュ・イェドヴァビンスキ……アウレリアの父親
マルタ・イェドヴァビンスカ…………………アウレリアの祖母
コンラド・ビトネル……………………………演劇好きの少年
ヤンコーヴィャク………………………………アウレリアが通う高校の用務員
モニカ……………………………………………アウレリアの父のパートナー
クレスカ…………………………………………マチェクと結婚、娘がいる
マチェク・オゴジャウカ………………………クレスカの夫
ピョトル・オゴジャウカ………………………マチェクの兄
ズジシャ夫人……………………………………マチェクとピョトル兄弟の姉
アルトゥレク……………………………………ズジシャ夫人の息子

ゲノヴェファからアウレリアへの十年間

十年ひと昔とはよく言いますが、『クレスカ15歳 冬の終わりに』の時代から『金曜日うまれの子』の時代の十年間、つまり一九八三年から九三年までの十年間にポーランドの政治・経済・社会の状況は大きく変わりました。一九八〇年に始まった独立自主労組『連帯』の運動は自由を求める運動へと発展し、戒厳令の施行で一時期は大きな打撃を受けましたが、その後も根を張ってゆきました。一九八九年春には統一労働者党（共産党）、独立自主労組『連帯』、カトリック教会などすべての社会勢力が一堂に会した円卓会議が開かれ、その結果実現した総選挙で『連帯』は予想外の勝利をおさめました。それは東欧初の非共産党政権の誕生でした。一九九〇年末の大統領選挙では『連帯』議長のワレサ（ヴァウェンサ）が当選し、ポーランドは社会主義体制から資本主義体制をめざす国へと大きく転換します。

しかし、転換後の道のりは決して順調なものではありませんでした。『金曜日うまれの子』の主人公アウレリアが十六歳を迎えた時のポーランド社会はいまだに混乱の中にありました。アウレリアが通うリツェウム（普通高等中学校）で用務員をしているヤンコーヴィャク氏は事あるごとに若者のしつけの悪さを嘆き、両親ともに少しでも多く稼ごうとあくせくし、子どもになどかまっていられない今の時代を最悪だと思っています。派手な広告に色塗られた路面電車が街中を行き交い、食料品店には数年前の物不足が嘘のように品物が溢れています。今では田舎のスーパーでさえドイツ製、フランス製の香水が手に入ります。その一方で国内企業は次々に倒産の憂き目にあい、ヤンコーヴィヤク氏はキオスクから消える直前に国産オーデコロンをまとめ買いしました。テレビから流れてくるのは政治家たちが罵り合う汚い言葉、馬鹿げたコマーシャル、イタリアの安直な連続ドラマでした。

詩人や画家が出入りする家庭で育った十五歳の少年コンラドは、かつては私心のない素晴らしい芸術家だった知人までもが芸術で稼ぐことを覚え、仕事量を増やし、次々に安直な絵を描き出したことに怒りを覚えています。かつてまかり通っていた検閲が無くなり、言いたいことが言え、書きたいことが書ける自由は確かに何ものにも代え難いのですが、その一方でお金が全てになりつつある今の世の中に失望を覚える人々が確実に増えてきた時代でもありました。

『金曜日うまれの子』はそんな時代のポズナン市イェジッツェ町を舞台にし、リツェウムの年度末終業式が終って三十分ほどが経ったシーンから始まります。ポーランドでは学年度は六月末に終了し、その後、八月三十一日まで二ヵ月間の長い夏休みに入り、新学期が始まるのは九月一日です。

ほとんどの生徒が下校してほっとしたのもつかの間、老用務員ヤンコーヴィヤク氏は誰もいないはずの講堂で物音がすることに気づき、むくんだ足を引きずるように何度目かの巡回に出ます。教養のかけらも、配慮のかけらもない生徒たちが騒ぎ、汚した跡を嘆きながら廊下を進み、途中でステンドガラスの下にうずくまる女生徒を見つけました。小さな顔の中で黒い目だけが異様に大きく、服装は上から下まで黒ずくめです。彼女は黒い上靴の留め金に当たる光、指にはめている水晶の指輪に当たる光を捕えようと、奇妙に体を動かしていました。ヤンコーヴィャク氏が渋い顔をして、まだ帰らないのかと聞くと、雨が降っているからと答え、立ち去ろうとする気配は全くありません。用務員は、早く帰ってお母さんに通知表を見せなさい、と急かします。その時、女生徒は誰かにぶたれたみたいに一瞬、びくっとし、それから放心したような目を用務員に向けました。用務員は再度、帰宅を促し、先へ進みました。

女生徒の名前はアウレリア・イェドヴァビンスカ。そう、十年前、「お昼を食べに来たの」と言って他人の家に上り込んでいたあの少女ゲノヴェファです。『クレスカ15歳 冬の終わりに』の終章では、少女はついに母親エヴァと心を通い合わせ、ハッピーエンドを迎えたはずでした。ところがこの十年間にアウレリアの生活は、ポーランドの国情と同じように大きな変化を受けていました。父親エウゲニユウシュは妻と子を捨てて家を出、別の女性と新しい家庭を築いていますし、母親エヴァは一年前に癌のために他界しました。母親の入院中、アウレリアはマチェクとクレスカ夫妻の所で世話になっていましたが、母の死後は父親に引き取られ、父親の新しいパートナーであるモニカさんの家で居心地の悪い生活をしていました。父親は以前同様に出張で何日も家を空けることが多く、帰宅してからも夜遅くまでパソコンの前に坐ったままで、娘との会話はほとんどありません。アウレリアはモニカさんともうまくいっていませんでした。従って、用務員に早く帰って母親に通知表を見せなさいと言われても、見せるべき相手はいなかったのです。

さらに巡回を続け、講堂のドアを開けた用務員は今度はぞっとするような光景に出くわし、度胆をぬかれます。仮面をつけ、カラフルなかつらをかぶった少年が舞台の上で踊っているではありませんか。用務員には今時の若者が何を考えているのか理解できません。ヤンコーヴィャク氏はテープレコーダーの音を消し、講堂から少年を引っ張り出すと、さっきと同じ姿勢のまま坐っている女生徒ともども校門から追い出しました。少年の名前はコンラド・ビトネル。夏休み後にこのリツェウムに入学する予定の新入生で、これから四年間を過ごす学校のステージの使い勝手を知っておくために踊っていたとアウレリアに明かします。仮面もかつらも手作りで、演劇に興味を持っていると言います。少年は歩きながら一年先輩の女生徒に名前を尋ねます。それに対して女生徒は最初は〝ゲノヴェファ〟と答えますが、すぐに〝アウレリア〟と訂正しました。

いつもは学校前の停留所からバスでモニカさんの家に帰るアウレリアでしたが、ストリートパフォーマンスをしていると言うコンラドの話に引き込まれ、しばらく一緒に歩くことにしました。コンラドの家はイェジッツェ町にありました。ルーズヴェルト通りに差し掛かったアウレリアは、娘たちの帰りを待ちわびてバルコニーに立っていたガブリシャに声をかけられます。家に入るようガブリシャにすすめられ、アウレリアはボレイコ家のドアに向かいました。コンラドも一緒に。

アウレリアにとってボレイコ一家との再会は母親が亡くなって以来のことでした。アウレリアは遠慮なく上り込み、みんなにゲニューシャ（ゲノヴェファの愛称）と呼ばれて歓迎され、パンケーキをごちそうになります。嬉しそうに顔を紅潮させたアウレリア、そしてアウレリアをごく自然に受け入れているボレイコ家の面々。コンラドはこの様子を興味深く観察しました。その時突然、玄関のベルが鳴り、応対に出たボレイコ家の三女ナタリヤに伴われて幼女の手を引いた一人の男性が現れました。クレスカの夫マチェク・オゴジャウカでした。その途端アウレリアの態度が急変しました。彼女はなぜか真っ青になり、ひそかにテーブルを離れ、出口に向かったのです。コンラドは慌ててアウレリアの後を追いました。

ボレイコ家の住む集合住宅の前には車でマチェクを送ってきたピョトル（マチェクの兄）がいました。ピョトルはこれから実家のあるポビェジスカ（ポズナン郊外にある小さな町）に行くと言います。それを聞いたアウレリアは即座に同行させてもらうことにしました。ポビェジスカには父方の祖母が住んでいます。疎遠になっている祖母が孫娘を受け入れてくれるかどうか、そのことは不安でしたが、アウレリアには気分転換が必要でした。一方、コンラドも一緒に行きたいと言いだします。彼はピョトルに頼んで自宅に寄ってもらうと、大きなバッグを抱えて戻って来ました。バッグの中身は人形劇の小道具だと言います。

時代を映す人形劇『婚礼』

コンラド・ビトネルは大学生の姉と二人で暮らしています。女優の母親はアメリカで再婚し、そこで暮らしていて、ポーランドには年に数回しか帰って来ません。コンラドは芸術的センスのある少年で、自ら手作りした人形と小道具を使って時々路上で一人芝居をしています。車がポビェジスカのリネク（町の中心にある広場）に到着すると、ピョトルは帰りの時刻と集合場所を告げ、そのまま実家に向かいました。アウレリアは祖母の家に行く前にコンラドの手伝いをすることにします。コンラドは重いバッグを広場の一角にあるベンチの上に置き、中からテープレコーダー、合板で出来た組み立て式の小さな舞台、そして数体の人形を取り出しました。張り子用の特殊な紙で形づくられた人形の顔と手は肌色に塗られ、目は輝いています。

「これが花嫁で」コンラドは真面目な顔をして説明した。「こっちがラヘラ」

「それって、もしかして『婚礼』の？」

「いくつかのシーンを選んでぼく自身が脚色したんだ。『婚礼』はいつの世でもその時代を反映しているし、ポーランドの戯曲の中では一番予言的な作品だからね」

スタニスワフ・ヴィスピャンスキ（一八六九～一九〇七、ポーランド南部にある古都クラクフ生まれの劇作家、詩人、画家）原作の韻文劇『婚礼』はポーランド文化における黙示録と評される作品で、ヴィスピャンスキ自身の演出によって初演されたのは一九〇一年のクラクフでのことでした。当時、ポーランドはロシア、プロイセン、オーストリアの三国に分割支配され、ポーランド南部にある古都クラクフはオーストリア領に入っていました。オーストリア領はロシア領やプロイセン領に比べて比較的自由が認められてはいたものの、その分、現状に甘んじる保守的傾向が強く、知識人と農民の間には大きな断絶も見られました。

『婚礼』の基になったのは、一九〇〇年晩秋にクラクフ郊外の農家で実際に行われた詩人の花婿、農民の娘の花嫁の結婚披露宴で、ヴィスピャンスキ自身も出席しています。劇中には客として訪れた実在の人物――主人、ジャーナリスト、詩人、農民、貴族、ユダヤ女性、そしてドラマ上の人物である歴史と文学と伝説から現れた亡霊たちが登場します。この亡霊たちは実在の人物たちの内面を映し出す存在です。

延々と続く宴の中で亡霊たちは現実の人々に、今こそ知識人と農民が団結して祖国の再興に立ち上がれと命じ、勝利と力と民族の統一を約束する黄金の角笛を託します。ところが黄金の角笛を託された農民ヤシェクは混乱のうちに角笛を見失ってしまいます。戦いの準備をして集まった農民たちは合図がないままに待ちくたびれ、やがてホホウと呼ばれる藁人形（もともとは冬の寒さからバラを守る藁の覆い）とともに踊り呆ける客に加わり、いつ果てるともなく夢遊病者のように踊り続けます。このホホウ踊りは受動性と無秩序と弱さを象徴しています。さらに劇中のいくつかの語句は今も諺のように引用されることがあり、コンラドの人形が発する次の一句もそのひとつです。

「世界中、戦争になろうとも、ポーランドの農村が静かならばそれでよし、ポーランドの農村が平穏ならばそれでよし」

祖母との再会

『婚礼』のパフォーマンスは森林パトロール中の軽飛行機やらトラクターの轟音に邪魔されながら終わりを迎えました。最後まで残って見てくれていたのは路上で物売りをしている三人のロシア人だけでした。片づけを終えるとアウレリアはコンラドと一緒にリネクから少し入った通りの突き当りにある祖母の家の前に立ちました。コンラドはバッグをここに置かせてもらって、一時間後にピョトルさんと一緒にアウレリアを迎えに来るつもりでした。しかし事態は彼の思いとは違う方に向かいました。

ドアが開き、背の低い、がっしりとした体格のマルタおばあさんが現れました。チェックのスカート、幅の広い肩ひものついた白い麻地のエプロンをしています。アウレリアを目にすると、おばあさんはエプロンの膝のあたりをパンとたたき、大きな声を上げました。

「オレルカ？　オレルカかい⁉」

オレルカとはアウレリアの愛称です。孫娘はアイロンと洗濯糊の匂いがする祖母のエプロンに顔を押し当て、柔らかい胸に抱かれました。一時、体が震え、声が途切れ、顔は紅潮したけれど、いつしかそれらすべてが優しいエプロンの襞の中に消えました。

祖母は有無を言わせずにコンラドをも台所に招き入れました。二人がテーブルに着くと、おばあさんは焼きたての大きなパンを切り分け、その上に肉の脂身とタマネギをいためたものを平らに塗り、指でじゃりじゃりさせながら塩を振ると、ミルク入り麦コーヒーと一緒にテーブルに並べました。

「オレルカ、やっとわたしの家に来てくれたね。あのモニカのところに子どもを住まわせるなんて、父さんも何を考えているんだか！」

アウレリアが、ピョトル・オゴジャウカ（祖母はオゴジャウカ家と懇意にしていた）の車ですぐにポズナンに戻ることを告げると、祖母は顔を曇らせました。祖母と父の間は昔からうまくいっていませんでしたし、祖母はモニカさんの存在を認めてもいません。祖母はしばらく思案した末にある提案をしました。それは郵便局に行ってモニカさんの家に電話を入れ、アウレリアが夏休みを祖母の所で過ごすことを伝えるという提案でした。願ってもない申し出にアウレリアは黙ってマルタおばあさんの手に触れ、おばあさんの目を見つめました。

その晩、ベッドに入ったアウレリアはなかなか寝付けません。外から聞こえてくるのは心地よいシナノキのざわめきだけでした。アウレリアはポズナンでのこれまでの生活に思いを馳せました。苦しみながら亡くなった母のことを思うと、涙がこみ上げてきます。母はいつも人に受け入れられたいと望んでいました。それでいて受け入れてくれることを最後まで信じていませんでした。父はいつもイライラしていて、娘を避けていましたし、モニカさんはアウレリアを嫌っていました。ある日、アウレリアは父とモニカさんの口論を耳にします。それは父がモニカさんの高校生の連れ子のことを大声で怒鳴った直後のことでした。


「あいつは怠け者だ。何もしない日曜日に生まれたに違いない」

それに対してモニカさんは間髪を入れずに言い返した。

「そんならあんたの娘は肉食禁止の金曜日うまれだわね。脂の乗らないニシンそっくり。ちっとも冴えないいじゃない」


肉食が好まれるポーランドでは宗教上の習慣から金曜日には主に魚を食べます。金曜日に生まれたということは、ついてないとか、冴えないことを意味しています。モニカさんの言葉を聞いてアウレリアは腹が立ち、悲しくなりました。何よりも悲しかったのは、父からは娘をかばうような言葉が一言も出なかったことです。

大きないびきをかいていた祖母が突然起きだし、トイレに向かいました。しばらくして戻って来るとおばあさんはアウレリアのベッドの縁に腰を下ろしました。眠っている振りをするアウレリア。祖母の手は孫娘の頬をなでました。涙の跡に触れると一瞬、祖母の手の動きは止まりましたが、すぐにまた優しい愛撫が続きました。アウレリアの瞼は次第に重くなり、至福、平穏、静寂、そして無が彼女を包みました。

翌朝、アウレリアはコーヒー豆を挽く音、そして祖母が飼い猫に話しかける声で目を覚ましました。そして彼女は突然、幸せを感じます。それまで胸につかえていたしこりがどこかに消えていました。

マルタおばあさんの言葉

祖母の元での夏休みはアウレリアにとって心休まるものでした。祖母と一緒に食事を作り、洗濯をし、買い物に出かけました。祖母が懇意にしているオゴジャウカ家のお茶に招かれ、マチェクとピョトル兄弟の姉であるズジシャ夫人、そして彼女の息子アルトゥレクと知り合いにもなりました。また祖母はリネクに面した教会の神父に母エヴァの一周忌ミサの執り行いを頼んでくれていました。今日のミサはエヴァ・イェドヴァビンスカの魂が安らかなることを祈って行います、と言う神父の言葉に、アウレリアは息もできないほど感激し、祖母に目を向けました。祖母は頷き、温かい手で孫娘の手を撫でさすりました。アウレリアには手をさすられているよりは魂をさすられているような感じがしました。

夕食後、祖母は刺繍を、アウレリアは絵を描きながらおしゃべりをするのが習慣になりました。ある晩、アウレリアは母の死を乗り越えられない自分の苦しみを祖母に吐露します。


「わたし、どうしても乗り越えることができないの」アウレリアは突然言い出した。

祖母は大きな強い歯で糸を切った。

「何をだい？」眼鏡の下からのぞき込むように尋ねた。

「死ぬこと。だれも必ず死ななければならないこと」

「そりゃそうだよ。死ななくちゃならないよ」祖母は穏やかに言った。「その白い糸を取っておくれ」祖母は孫にちらっと視線を向け、つけ加えた。「生まれたからには死ぬもんだ」きびきびとした動作で眼鏡の位置を直すとさらに言い足した。自分の言葉が孫娘の心につれなく、重くのしかかっていることなど一切お構いなしに。「神はわたしどもに色々な人生の課題をお与えになった。死ぬこともまたその課題の一つだ。一人一人がこの世で果たすべき宿題を持っている。そのために生まれてくる。そして次の人に自分の場所を明け渡さなければならない。それでなくてもこの世は人間でいっぱいだものね。そう、そういうことだよオレルカ、そういうことだ。だから、うらんだりすることでも、こわがったりすることでもなんでもない。とっても結構なことなんだよ」

……………………

「母さんを亡くして辛いのはわかる。祖母は再び口を切った。「オレルカには早すぎたものね。でもしょうがないだろう、そうなってしまったんだから。今はそれを乗り越えねば」

「どうやって、おばあちゃん？」

「これからわかるだろうよ。一番いいのは自分のことは考えないことだ」

「自分のことを考えない？　じゃ、だれのことを考えるの？」

「自分を一番必要としている人のことを考えることだ」

「わたしを必要としている人なんかいないもの」

「それは違う。父さんはオレルカを必要としているよ」

「おばあちゃん、そんなことないよ！」

「いいかい、必要としているんだよ。父さん自身そのことに気がついていない。でもわたしにはわかるよ」

「違う、おばあちゃん。必要となんかしていない。お母さんとわたしを捨てたんだもの。お父さんは」

「父さんはそうすれば良くなると思ったのさ。でもそうではなかった。人生を変えたかったら、まわりを変えるのではなくて真ん中を変えねばならない。わかるかね？」

数日後、アウレリアを訪ねてポビェジスカにやって来たコンラドは町の子ども図書館で二回目の『婚礼』の公演をしました。その後、彼は町のならず者たちにからまれ、何とか逃げおおせたものの元気を失います。そんなコンラドを駅まで見送ったアウレリアは彼にアルトゥレクとの仲を追及され、気まずい別れ方をします。その晩、アウレリアはさらに祖母に胸の内をさらけ出しました。わたしはいつも人と別れてばかりで、金曜日に生まれた例外的についていない人間だと。それに対して祖母は、オレルカが生まれたのは復活祭当日の日曜日だったと言うではありませんか。


「本当？」

「本当だよ、オレルカ。とにかく信じることだ！　見ててごらん、これからを」

「これからどうなるの、おばあちゃん？　わたしの場合、そんなに簡単にはいかないよ。だって、わたしって例外なんだもの」

「そんなことあるものか！　オレルカは普通の子だ」

「ううん、わたしは他の子とは違う！」

「そういうなら、だれだってみんな例外だ。もう自分のことを考えるのはおやめ。もっと面白い話はないのかい?」

「でも、おばあちゃん、自分自身に一番の問題がある時に、自分のことを考えずにいられる?」

「いいかい、オレルカは考え過ぎるんだよ。あんたの母さんもそうだった」

「そうなの!?」

「母さんも自分自身に大きな問題を抱えていたよ。わたしゃいつも同じことを言ってやった。人間っていうのはお互いに必要とし合うものだってね。ああ、そうしたら母さんはかっかして苛立っていたよ。単純で愚かな老婆の言うことなんかに耳を貸さなかった。いや、母さんは良くわかっていたのさ、自分でね。他人との間に垣根を作るなんて、姿を消してしまうようなもんだろ。生きるということは自分のものを他人に分け与えることなのに」

「そう確かにお母さんは垣根を作っていた。おばあちゃんの言うとおり。でもどうして? だってお母さんは自分でもそれが悪いことだって気がついていたのに」

「たぶんこわかったのだろうねえ。人はこわくなると、物事をゆがめて考えるもんだ」

「お母さんは友だちを作りたがっていたよ、すごく。わたし、知ってるもの。すごく望んでいた。でも、なぜか、それができなかったの……」

「オレルカだって望んでいるだろ。でも望むだけでは足りない。実行しなければ」

「何を実行するの？」

「いつも人に手を差し伸べることだ。何もこわがることはない。お前にとって一番いけないこと、それは他人との間に垣根を張り巡らすことだ。それだけは言っておくよ」

「おばあちゃん、おばあちゃん、誤解しないで、だってわたしはこれまでいつも積極的に人の中に入って行ったし、手も差しのべて来た。わたしが望んでいるのはね、みんなに愛してもらいたいの、だって、みんなは……愛してくれないんだもの」

「それならお前が愛しなさい、オレルカ。あんたがみんなを愛するんだよ。そうしたらみんなに必要とされていることが分かるだろう。手を差し出すのではなくて、手を与えなさい。そして自分自身には多くを望まないことだ。豊かな人間と言うのは多くを持っている人ではなくて、多くを与える人のことだよ」

用務員ヤンコーヴィャク氏の行動

学校の用務員をしているヤンコーヴィャク氏は融通のきかない偏屈な老人です。秩序を守るという名目で絶えず個人の自由を侵し、自分の原則に忠実なあまりに時に威嚇的になります。さらに権威を大事にするタイプで、芸術の〝げ〟の字も知らない、というのが若いコンラドのヤンコーヴィャク氏に対する評価です。妻に先立たれ、一人娘はアメリカに出稼ぎに行ったまま帰って来ません。氏は用務員を続けながら独り暮らしをしています。勤め先のリツェウムの終業式の日、最後まで校内に残っていた女生徒が通知表を忘れて行ったことに気づいたのは最後の校内巡回から戻った時でした。早く帰って母親に通知表を見せなさいと、その生徒に声をかけたものの、同僚の話では生徒の母親は一年前に亡くなった女教師エヴァ・イェドヴァビンスカだと言います。ヤンコーヴィャク氏は良心の呵責を覚え、女生徒に通知表を返すべく行動を開始しました。重い足を引きずりながら。

先ずは電話帳で住所を調べ、かつてアウレリアが両親と住んでいた家を訪れました。ところが、そこにはがっしりと鍵が掛けられ、誰も住んでいませんでした。前の部屋に住む女性によると母親の入院中、女の子は知人の家にあずけられていたと言います。その知人とはクレスカとマチェク夫妻のことでした。紙切れに書いてもらったこの夫妻の住所を訪ねると、何とそこはかつて同じ学校で教師をしていたドムハーヴィェツ先生のお宅でした。祖父の家に同居しているクレスカとマチェクにはすでに三人の幼子がいました。氏は若夫婦に招き入れられ、ドムハーヴィェツ先生と旧交を温め、コーヒーをごちそうになりました。なつかしいおしゃべりが続き、氏は通知表をそのまま持ち帰ってしまいます。

翌日、クレスカに教えてもらった女生徒の新しい住まいを訪ねたヤンコーヴィャク氏はアウレリアの父エウゲニユウシユ・イェドヴァビンスキと向き合いました。エウゲニユウシユは通知表には目もくれずに、神経質だった元妻のこと、いつも暗い顔をしている娘のことを虚ろな目で話します。用務員はこの父親に通知表を返す気になれず、機会を見て直接本人に渡そうと思い直して再び持ち帰って来ました。

そうやって歩き回っていたある日、ヤンコーヴィヤク氏は教会の前で突飛な行動に出ている二人の女の子を目にしました。それはガブリシャの二人の娘、ちびトラ（ラウラ）とプィザ（ルージャ）でした。女の子たちは教会から出てくる人を捕まえては、インタビューだと称し、姦通とは何かと聞いて回っています。驚いた氏は二人の子どもを有無を言わせず、両親の元に連れて行きます。グジェゴシュと再婚したガブリシャは妊娠中でした。そのこともあって彼女は氏の話を聞くなり、失神してしまいます。しばらくして気がついたガブリシャは夫グジェゴシュに子どもができたことを告げ、喜びに浸ります。まるでヤンコーヴィヤク氏の存在を忘れたかのように。しかし気丈なガブリシャはすぐに自分を取り戻し、有無を言わせずに氏をテーブルにつかせて日曜日の昼食を共にします。氏は胸で十字を切ってから生クリームが上にのったグリーンピースとディルの実がたくさん入ったスープにスプーンをもぐらせました。こんなにおいしいスープを口にしたのは久しぶりのことでした。

幼い姉妹を無理やり母親の元に連れ帰ったのですから、この女の子たちには嫌われているだろうと思い込んでいたヤンコーヴィヤク氏でしたが、そうではありませんでした。氏はちびトラとプィザにすっかりなつかれ、その後もたびたびボレイコ家に上り込むようになりました。ある日、氏が置き忘れた傘を届けるために姉妹は氏の勤務先のリツェウムまでやって来ます。仕事を終えた氏は女の子たちを家まで送り届けるのですが、ガブリシャは再度失神中で、氏は女の子たちとキッチンでカードゲームをしながら母親の回復を待ちました。

数日後の土曜日、ちびトラとプィザは自分たちで朝食の準備をし、ヤンコーヴィャク氏が家の前を通る頃を見計らって、食卓に招待します。比較的早朝で、家族はまだ就寝中でした。姉妹はヤンコーヴィャク氏のことを良い人だと言い、一人ぼっちで年を取っているとも言います。ぼさぼさ髪の妹に姉は髪を梳かすようにと進言します。あんたを見てヤンコーヴィャクさんが逃げ出さないようにと。ようやく起き出して来たガブリシャとグジェゴシュと一緒にちびトラとプィザとヤンコーヴィャク氏は朝食を食べます。そこへ甥のアルトゥレクを伴ってクレスカがやって来ました。ピョトルの車でゲニューシャに会うためにポビェジスカに行くと言うのです。車にはガブリシャと娘たちだけではなくヤンコーヴィャク氏も便乗することになりました。ゲニューシャ、つまりアウレリアに通知表を手渡すために。

マルタおばあさんの家のドアを開けたのは黒ずくめではなく、生き生きと顔を輝かせ、カラフルな服装に変わったアウレリアでした。ヤンコーヴィャク氏はうやうやしく通知表をアウレリアに渡します。その時のマルタおばあさんの喜びようときたら！　早速アルバムを取り出し、その中に孫娘の通知表を貼りました。アウレリアが博士号を取ったら、それもまたアルバムに貼ると言いながら。マルタおばあさんとヤンコーヴィャク氏は二人とも戦時中にポビエジスカの駅舎で荷下ろし作業に当たっていたことが判明して意気投合し、二人はお互いのこれまでの人生をいつ果てるともなく語り合いました。

ヤンコーヴィャク氏はアウレリアの通知表返還行脚を実行するうちに少しずつそれまで身に着けていた鎧を脱ぎ捨ててゆきます。用務員として見せた権威性と頑固さは彼の本性とは無関係でした。それを初めから見破っていたのはちびトラとプィザの幼い少女たちでした。この作品において氏の存在はトリックスターそのもので、若くはないからスピード感はないものの、人と人、家族と家族を縦横に結び付ける役割を果たしています。

アウレリアの道程

偶然の成り行きでポズナン郊外の小さな町ポビェジスカに住む祖母の家で夏休みを迎えたアウレリアは、祖母と生活を共にするうちに多くのことを学び、考えます。学問をおさめ、良い仕事についてはいても、いつも仏頂面で不平たらたらの父親。それに対して、ほとんど学校にも行かずに働きどおしだった祖母は今も少女のように大きな口を開けて笑い転げ、てきぱきと家事をこなし、前向きに明るく生きています。アウレリアには父よりも祖母の方がずっと立派な大人に見えました。本当の大人になるって、どういうことだろう？　アウレリアは先ずは本来の自分に行き着こうと決心します。

……〝行き着く〟には道程のイメージがある。道程には時間が含まれている。行き着くまでにはある時間を経なければならない。それも動きながら。その場に立ち止まっていてはいけない。歩かなければならない。前へ。

最初は祖母に背を押され、しぶしぶと父に電話をしていたアウレリアでしたが、次第に自らかけるようになりました。父さんとおしゃべりをしたくて電話をした、と言う娘の言葉に父親の方も次第に心を開き、嬉しさのこもった驚きを隠しません。父は、また明日も電話してほしいと娘に伝えます。アウレリアは、父も一歩を踏み出し、娘と母親に会うためにポビェジスカに来てほしいと心の中で願います。

父との確執に悩む一方で、アウレリアはある秘密に苦しんでいました。母が癌で入院したためにアウレリアは一時期、クレスカの所で世話になっていました。危篤状態の母を見舞った夜、アウレリアは母の苦しみに自分も苛まれて泣き伏します。そこへクレスカの夫マチェクが駆けつけ、アウレリアの背中をさすりながら悲しみを共有してくれました。彼女は無意識のうちにマチェクに抱きつき、頬にキスをします。マチェクの驚いた顔。アウレリアを襲った恥しさ。クレスカに対する罪の意識。それは鉄のように硬いしこりとなってアウレリアの胸をふさぎました。

それぞれが一歩を踏み出す時がやって来ます。クレスカはガブリシャ、ガブリシャの二人の娘、ヤンコーヴィャク氏を引き連れてポビェジスカにやって来ました。この一年、なぜか姿を見せなくなったアウレリアに会うために。クレスカの突然の訪問にドアを開けたアウレリアは彼女に夢中で抱きつきます。そしてそれまで胸を締め付けていた秘密を吐き出すように打ち明けます。クレスカは全てを理解し、わかってくれました。そして今まで通りに温かく抱きしめてくれました。

同じ日の夕方、アウレリアはようやく会いに来てくれることになった父を迎えるためにポビェジスカの駅に急ぎました。ポズナンからの列車が到着する直前、彼女は駅構内の一角で一匹のテントウムシを目にします。

一滴の血のように真っ赤なテントウムシが柵の向こうのくず鉄置き場に転がる古い鉄のたがの内側を歩いていた。テントウムシは一時動きを停め、それからまた歩き出し、突然引き返し、また放浪を始めた。

テントウムシは一瞬、一瞬、ある道程の出発点に立った。

放浪の終わりは新しい出発のはじまりでもあった。

父もまた一歩を踏み出し、娘と母親に会うためにポビェジスカの駅に現れました。アウレリアが両手を大きく差し出すと父はまるで巣の中に飛びこむように娘の腕の中に飛び込みました。どんな長い道のりも最初の一歩から始まります。そのことをアウレリアに教えてくれたのは一匹のテントウムシであり、田舎に住むマルタおばあさんでした。アウレリアは人にただ手を差し出すだけではなく、与えることの大切さを知ります。そして豊かな人間とは多くを持っている人間ではなく、多くを与えることのできる人間であることを理解するのでした。

第五章　ナタリヤのフェミニズム

『ナタリヤといらいら男』一九九四年六月二十二日から六月二十五日までの物語

主な登場人物

ナタリヤ・ボレイコ……この作品の主人公、ボレイコ家の三女
トゥニョ（アントニ・プタシュコフスキ）……ナタリヤが付き合っていた青年
フィリップ・ブラテク……トゥニョの母親違いの弟
ガブリシャ……ボレイコ家の長女
ちびトラ（ラウラ）……ガブリシャの二女
プィザ（ルージャ）……ガブリシャの長女
ヤンコーヴィヤク夫妻……元高校用務員のヤンコーヴィヤクは
アウレリアの祖母マルタと結婚した
ドムハーヴィェツ先生……元高校教師

突然の手錠

一九九四年六月、ポズナンは猛暑の夏を迎えていました。日中は家の中でも三十六度、夜になっても気温はほとんど下がりません。そんな暑さの中、ナタリヤは傷心の旅に出る決心をします。自分を見つめ直す旅ですから、もちろん一人で出かけるつもりでした。ところが脚に血栓ができる病を抱えた姉ガブリシャに彼女の二人の娘、ちびトラ（ラウラ）とプィザ（ルージャ）を押し付けられ、旅は最初から思惑外れの形となってしまいました。寝袋とテントを詰め込んだ重いリュックを背負い、ギターを抱え、十歳と十三歳の姪を誘導しながらようやくバルト海沿岸に向かう特急列車のコンパートメントにたどり着きました。姪たちは、どこに席を占めるかですぐにけんかを始める始末です。

ホームで列車の到着を待っていた時からナタリヤの近くで不審な動きをしていた若い男がこともあろうに同じコンパートメントに乗り込んできてナタリヤの隣に坐りました。ナタリヤには一面識もない若者でしたが、おかしなことにちびトラはその男とちらちらと視線を交わし、かすかにうなずきあっています。ベートーベンのような額に垂れた黒いもじゃもじゃの前髪、鉤鼻、ジグザグ状の小さな傷痕、貧弱な頬、がっしりとしたきれいな手。持ち物はウォークマンと小さなリュックと音楽雑誌だけです。若者はナタリヤの隣でそわそわと落ち着きなく、指や足先を動かしています。

発車。その時、男は突然ナタリヤの手をつかみ、もう一方の手をポケットに突っ込むと、ガチャと音をさせながらナタリヤの手首に何かを当てました。ナタリヤは驚き、青ざめ、叫び声を上げて自分の手を見つめました。何と、手首を取り巻いていたのは鋼鉄製の手錠ではありませんか。男はもう一方の手錠を自分の手にガチャとはめ、そして言いました。

「そう、ナタリヤ、君は逃げた。彼を捨てて。だが、俺はあんたを逃がさないぞ」

この、まるでストーカーみたいな若者はナタリヤが付き合っているトゥニョの弟フィリップであることがわかりました。

ナタリヤが抱える深淵

ボレイコ家には四人の娘がいます。大学で教員をしている長女ガブリシャは一家の支柱のような存在で、しっかり者です。ガブリシャは二人の娘に恵まれた最初の結婚には失敗したものの、再婚したグジェゴシュ・ストルィバとはうまくゆき、息子が生まれました。次女のイーダは子どもの頃から様々な奇行で両親をてこずらせましたが、やがて落着き、医者になっています。イーダは同僚のマレクと結婚し、今、お腹には子どもがいます。末娘のパトリツィヤは高校生の時に恋に落ち、見事に卒業試験に落っこちて両親を嘆かせました。しかし、その恋を成就させ、結婚にこぎつけました。

そして三女のナタリヤ。彼女はいつも感情を抑え、家の中では影のような存在です。姉妹たちの争いごとに首を突っ込まず、すみっこでいさかいが終わるのをじっと待っているタイプです。自分が落ち込んだ時には部屋にこもって何時間でも草花の標本を作ったり、読書に没頭したりしています。父親は三番目の子どもができたと知った時、今度こそ男の子であることを強く望みました。幼い頃にそのことを知ったナタリヤは、父親のために男の子になろうと髪を短くし、ズボンをはき、男言葉を使ったこともありました。

ところが大学生になるとナタリヤは一変してスカートを履き、口紅を塗り、美しい女性に変身しました。そしてポーランド文学科の講師に好意を寄せたのです。彼には妻も子もいることがわかり、ナタリヤの初恋は消えたのですが、そんな頃に学友の〝名の日〟の小さなパーティーでトゥニョ（アントニ・プタシュコフスキ）と知り合いました。トゥニョは国際ヨットレースで優勝し、その日のヒーローでした。若い娘たちに取り巻かれ、終始、喜色満面としていました。彼は単純実直で、間とか余白とか隠喩と言うものを理解しない人間でした。ナタリヤは原色よりも中間色が好きだったし、真ん中にいるよりはわきにいる方が好きでした。しかし皮肉なことに、ナタリヤがこの夜の英雄に近寄らない唯一の女性だったことがトゥニョの接近を招き、二人はこの半年間、付き合ってきました。

そして前日、事は起きました。炎天下の一日、ナタリヤはバイト先の図書館から一刻も早く帰宅して冷たいシャワーを浴びたい気持ちを抑え、トゥニョとの散歩に付き合いました。ポーランドの夏の夜は九時、十時まで太陽が沈まず、明るいのです。いまだ陽光が照り付ける公園のベンチで手をかざして光を遮りながらナタリヤは明日、大学の講堂で開かれるマリアン・スタラ博士の『わたしの心の宮殿と体の小屋との間で』と言うモダニズムに関する講演会にトゥニョを誘います。

トゥニョは屋台で買った形の崩れたイチゴを食べ終えると、ナタリヤに大胆不敵な視線を向けました。

「だめだ、いいかい、その計画は忘れなさい。スタラ博士と彼の宮殿と小屋のことは無視しなさい。僕たちの明日の計画は別にあるのだから。ほら、八月に住宅が手に入る。だから一大決心の時だ。明日、僕の所でお茶を飲みながら君を紹介する。僕の未来の妻を見るために母がわざわざ出てくるんだ」

そう言うとトゥニョは自信たっぷりの目をナタリヤに向けました。

それに対してナタリヤはどこか存在の奥底からむくむくと反抗心がわきあがって来るのを感じました。それは煮えたぎるように熱く、激しく、抑えがたいほど強い怒りの波でした。彼女はイチゴの籠をつかむなり、残っていた果実をアスファルトの上にたたきつけ、足で踏みつけ、なすりつけ、叫びます。

「あなたの妻になんかなるものですか！」

自分の内部に予想もしなかった黒い深淵が存在していることにナタリヤはぞっとしました。その一方で自分の下劣な行為に少しの後悔も感じませんでした。その日の深夜、ナタリヤは自分を見つめ直す旅に出る決心をし、そのことをガブリシャに伝えました。

逃亡劇の始まり

トゥニョは何回かボレイコ家に遊びに来ていて、ちびトラとカードゲームに興じたこともあります。彼の弟フィリップも一度だけ兄と一緒に訪れ、ちびトラに会っています。ただ、その時、ナタリヤはたまたま留守でした。

真夜中、トイレに起きたちびトラは母ガブリシャとナタリヤおばさんのひそひそ話の一部始終を立ち聞きしました。一大事だ！　ナタリヤおばさんがトゥニョさんから逃げようとしている。ちびトラはゲームでわざと負けて勝を譲ってくれたトゥニョさんが気に入っていました。翌日、少女はこっそりトゥニョさんの家に電話を入れました。ナタリヤおばさんが海辺に行こうとしていることを伝えるために。受話器をとったのは、トゥニョさんではなく弟のフィリップさんでした。

フィリップは警備会社でアルバイトをしながら音楽大学でパイプオルガンを学んでいます。手錠は会社から失敬してきたものでした。手錠につながれた手を見つめながらめそめそと泣き出したナタリヤにフィリップは、トゥニョが昨日、ナタリヤとの一件の後、車で路面電車に突っ込み、足を骨折し、痛々しい姿で帰宅したことを告げました。

同じコンパートメントには他に二人の乗客がいました。一人は日焼けした細身の男性。もう一人はTシャツを着た太った女性。男性はパズル解きに夢中で、周囲には全く無関心でした。女性の方はナタリヤに同情的で、検札にやってきた車掌に事のあらましを説明しました。車掌はフィリップに車掌室に坐るようにと命令し、彼はしぶしぶとナタリヤの手錠をはずすと車掌に従いました。

しかし安堵したのもつかの間で、姪たちにせがまれ食堂車に行っている間にフィリップはコンパートメントに戻って眠り込んでいるではありませんか。ナタリヤは太った女性に手伝ってもらって荷物をまとめ、姪たちを急き立てて途中下車します。それに気づいたフィリップはそのあとを追い、スリリングな逃亡劇と追跡劇が始まりました。

聖ヨハネの日の前夜

ナタリヤ一行は駅前でひろったタクシーを国道の近くで降り、続いてちょうどやって来たバスに飛び乗りました。そのバスの中でナタリヤの気分は悪くなり、バスを降ります。立ち寄った食堂の白いテーブルクロスの上に、今度は水疱瘡を発症したちびトラが嘔吐します。次々にハプニングが続き、結局この夜は見知らぬ町の森の向こうに広がる湖の水辺にテントを張り、ナタリヤはたき火を起こしました。少し気分の良くなったちびトラはプィザと共に枯葉や枯れ枝を集めて火の中に投げ入れ、小枝に火を移して火の粉の噴水と炎の輪を作って遊びます。その中にはニガヨモギもあって、ナタリヤはこの夜が夏至にあたる聖ヨハネの日の前夜であることに気がつきました。

「聖ヨハネの日の前夜には昔からたき火をする習慣があって、若い娘たちは歌ったり、ニガヨモギを体に巻きつけたり、火の中に投げ入れたりしたものなのよ」

「何のために？」ちびトラは興味を示した。

「家畜が病気にならないようにってね」ナタリヤは説明しながらちびトラのがっかりした顔を見てクスッとわらった。

「だからどうしてなの？」プィザが聞いた。

「それから、恋愛が両思いになるようにって」

「どこからそんなことを知ったの、おばさん？」

ナタリヤは姪たちの中でようやく失地を回復したような気分になった。

ちびトラとプィザはニガヨモギで花輪を編んだり、手にこすりつけて匂いをかいだり、炎の中に振りまいたりしました。ナタリヤはギターを取り出し、静かに爪弾きながら自らメロディーをつけた歌を口ずさみました。それはこの夜にぴったりの歌、シェイクスピヤの『真夏の夜の夢』の中の妖精の歌でした。

クサリヘビは　草っ原で　シューシュー言うな、
ハリネズミは　穴の中に　隠れてろ、
トカゲどもも　近寄るな
女王様の　寝床に……
女王様の　緑の布団の　上に
美しい調べを　紡ぎ出せ　フィロメルよ
ルリ、　ルリ、　ルリーリ

怖い夢を
見ないように、

ぐっすり　お眠り
お休み、　ルリーリ

アシナガグモは　とっとと　失せな、
夜の鳥たち　わめくの　止めろ、
遠くに離れな
黒いカブトムシと　なめくじと……

ナタリヤとちびトラとプィザは『マクベス』の三人の魔女となって幻想的な夏至の前夜のたき火を楽しみます。

翌朝、ナタリヤは鳥のさえずりで目を覚ましました。持参した飲み水を飲みほしてしまった姪たちのために水を汲んで湯冷ましを作ろうと泉に向かったその時、彼女はさらさらと湧き出る透明な泉のわきの赤茶色の落ち葉の寝床の上に、緑色の羽飾りのようなシダの葉に扇がれるように横たわっている美しい半裸の若者を発見しました。フィリップ?! しかし若者は手錠を持ってナタリヤを追いかけてきたあのいらいら男とは全くの別人に見えました。この世を信頼しきって無防備に横たわり、裸の胸の上には小さな緑色のアマガエルがのっかっています。松の木の上でカササギが鳴きました。フィリップは突然ピクッと体を動かし、重い瞼を上げてナタリヤに微笑みかけました。そして再び目を閉じ、深い眠りにもどってゆきました。

再びの逃亡、追跡

ナタリヤはテントの中でまだ深い眠りの中にあるちびトラとプィザを起こし、荷物をまとめ、再び逃げ出しました。勘の鋭いちびトラはおばさんがフィリップに遭遇したことを見破ります。途中、牛を飼っている農家のおばあさんの所で公衆電話とバス停がどこにあるかを教えてもらい、牛乳を飲ませてもらいます。おばあさんは当然のように代金を要求しました。

森を抜け、本通りに出ると一行はグニェズノ行きのバスに乗りました。グニェズノまで行けばそこからポズナン行きのバスが出ています。ところがこのバスの中でもハプニングが待っていました。ナタリヤに顔色が悪いと言われ、ちびトラはリュックのポケットから手鏡を出して自分の顔を覗き見ました。その瞬間、少女は周囲の空気をつんざくような悲鳴を上げます。

「お化けみたい!!!　誰にも見せられない！　すぐに降りたい!!!　みんなに見られないように!!!」

ちびトラは水疱瘡の発疹だらけの顔を手でおおいました。バスは急停車し、三人は畑の間に続く道路で降ろされました。

一方、泉のわきの草むらの中で目を覚ましたフィリップはナタリヤ一行がすでに消えていることに気づき、慌てて追跡を再開しました。途中、草刈りをしていた農家のおばあさんに呼び止められ、二人の女の子を連れた若い女性がここにギターを忘れて行ったことを知らされます。彼はギターを預かることにしました。そしておばあさんにはギターの保管代金を請求されます。森の中に入ると、道沿いの枝にキャンデーのキラキラした包み紙が留めてありました。ちびトラが目印にしてくれたに違いありません。ヒッチハイクでたどり着いたグニェズノのバスステーションで、フィリップは運転手からナタリヤ一行がバスを途中下車したことを知ります。

バスステーションわきの公衆電話からフィリップは先ずは兄トゥニョに電話を入れました。兄は予想外に元気で、ナタリヤとはもう終わった、と宣言するように言います。背後から若い女性の笑い声が聞こえてきました。続いてボレイコ家に電話をし、ナタリヤのギターを預かっていること、グニェズノ近郊のキャンプ場でナタリヤ一行を待っていることをガブリシャに伝えました。

フィリップは昨夜、水辺で聞いたナタリヤの歌声を思い出します。その声は兄を侮辱した性悪女からは程遠い、繊細で優しい声でした。フィリップは父親の違う兄を尊敬し、慕っています。幼い頃、犬に顔を噛まれた時、助け出してくれたのはトゥニョでした。初恋に敗れ、意気消沈していた時、買ったばかりの中古車でドライブに誘い出してくれたのも兄トゥニョでした。今度は自分が恩返しする番だとフィリップは思っています。とにかくナタリヤを連れ戻し、兄と話し合ってもらうつもりでした。彼はキャンプ場に辿り着き、ナタリヤ一行を探しました。

キャンプ場での出会い

ギターが消えていることにナタリヤが気づいたのは、畑の間に続く道路でバスを降りた後でした。バスに乗った段階ですでにおばさんはギターを持っていなかった、とプィザは主張します。牛乳のおばあさんの所に置いてきてしまったようでした。先ずは二人の姪をポズナンに連れ帰ってから引き返そうとナタリヤは考えます。三人は最寄りの食料品店を探しました。犬のように喘ぎながらようやくたどり着いた田舎の商店には、ほしい物がそろっていました。ちびトラは顔を覆うつば広の帽子を、プィザはビスケットとチップスを手に入れました。ナタリヤは店の公衆電話からガブリシャに電話を入れ、事の次第を説明した後で、思いがけない二つの情報を得ました。一つはフィリップがナタリヤのギターを預かっていて、グニェズノ近郊のキャンプ場で待っていること。もう一つはポビェジスカでヤンコーヴィヤク夫妻（ヤンコーヴィヤク氏はマルタおばあさんと熟年結婚していました！）がちびトラとプィザを夏休みの間、受け入れてくれるので、そちらを経由してポズナンに戻るようにとの指示でした。ちびトラとプィザにヤンコーヴィヤク夫妻から贈り物があるのだと言います。

フィリップとの待ち合わせ場所のキャンプ場は食料品店から目と鼻の先にあり、到着するとナタリヤは具合の悪いちびトラを寝かせるためにキャンプ場内の湖の水辺にテントを張りました。

一方、フィリップはヒッチハイクでキャンプ場には予想よりも遅れて着きました。受付にナタリヤ一行の姿は見当たりません。ナタリヤがガブリシャに電話した時、フィリップが提示した具体的な待ち合わせ場所を耳にしたのは、ナタリヤではなく、ナタリヤから受話器をもぎ取ったたちびトラでした。少女は発疹の出た顔をフィリップに見られるのが嫌で、その情報をナタリヤにはあえて伝えなかったのです。待っても、待っても、ナタリヤは受付前に現れません。フィリップはしびれを切らして水辺に行き、そこで横になることにしました。

聖ヨハネの日の満月の夜、ナタリヤとフィリップは驚くほど近い所で熟睡していました。二人を隔てているのはヒメハナワラビのレースカーテンだけでした。木の上でフクロウが鳴いた時、二人はビクッと体を動かして寝返りをうち、押しつぶされた羊歯の葉の羽毛越しにナタリヤとフィリップの手がぶつかりました。

ナタリヤのフェミニズム

トゥニョに対して決定的な態度をとった夜、ナタリヤは事の次第をガブリシャに打ち明けました。ガブリシャは、トゥニョと付き合っているナタリヤは幸福そのものに見えたし、めでたしめでたしで終わるものと思っていた、と言います。それに対してナタリヤは、めでたしめででたしで終わるとは結婚するということか、と姉に噛みつきました。

「結婚？　結婚？　結婚なんて恐ろしい宝くじみたいなもんじゃない、大部分は外れるようにできてるのよ！　お姉さんだって二回目にしてようやくうまくいったんじゃないの！　もしトゥニョが無責任な女たらしだったら？　潜在的なサディストだったら？　それとも単にどうしようもなくつまらない人間だったら？」

ナタリヤはいつも自分に自信が持てませんでした。二人の姪にさえ馬鹿にされ、自分の居場所を見つけることができませんでした。トゥニョのことを思うと正直、辛かったのですが、付き合ってまだ半年、まだ良く理解していない人間のプロポーズに〝イエス〟と答えることはできません。それだけは確かなことでした。

キャンプ場の水辺で羊歯のカーテン越しにナタリヤとフィリップの手が触れあった時には腰が抜けそうなほどに驚いたナタリヤでしたが、やがて落ち着きを取り戻し、水辺に腰をおろしてフィリップとぎこちない会話を始めました。そこにいるフィリップは手錠を取り出してストーカー的な行動に出たあの恐ろしいいらいら男ではなく、音楽を愛する兄思いの若者でした。

一方、ナタリヤは一人の男性を侮辱し打ちのめした性悪女ではなく、感性豊かな優しい女性でした。ナタリヤは自分の思いを素直にフィリップに伝えます。トゥニョの言いなりになって生きてゆくことはできないこと、彼のそばにいると自分を失い、消えてしまうことを。

泣きながら話すナタリヤにフィリップは、泣くことは女の典型的な解決法だと諭します。ますます自信を失うナタリヤにフィリップは昨夜、彼女の歌声を聞いたこと、とても感動的だったことを伝えます。どちらも音楽好きと言うことがわかった二人はそれぞれの耳にウォークマンのイヤホーンを入れ、ゴルトベルク変奏曲を聞きました。ナタリヤは曲が始まった途端に演奏者がグレン・グールドであることを当て、運命の女性に出会ったと思うほどにフィリップを驚かせました。

時代を映すお年寄りたち

一九九四年六月のポズナンとポズナン近郊に住む人々が描かれたこの作品には若い世代だけではなく時代を反映するお年寄りたちが登場します。

ナタリヤ一行が公衆電話とバス通りの場所を聞くために立ち寄った農家のおばあさんは親切に教えてくれた後で、搾りたての牛乳を飲んでいかないかとすすめました。喉がからからだったナタリヤはおばあさんの人間的で好意的な配慮に心の底から感謝します。ところが、飲み干したカップを置いた途端、おばあさんは一カップ二万ズロチの代金を要求しました。インフレによってこの時代のポーランドは貨幣の桁数が極端に多いのです（一九九五年にはデノミネーションが実施されて一万ズロチが一ズロチに切り換えられている）。おばあさんが要求した牛乳一カップの値段二万ズロチは日本円にするとおよそ百円程でしょうか。ナタリヤはちびトラの皮肉に満ちた視線を浴びながら、素直に六万ズロチを引っ張り出し、支払いました。しかしおばあさんの人間性に大きな幻滅を覚えたことは隠せません。若い女性の失望の色に良心がちょっぴり痛んだのか、おばあさんは口直しにと言って姪たちに小さなウエハースの包みを渡しました。帰り際、ナタリヤが振り向くと、おばあさんは太陽の下で紙幣を透かして見ていました。

ナタリヤを追うフィリップもまた途中で同じおばあさんに声をかけられ、ナタリヤが忘れていったギターを預かることになりました。ところがおばあさんは遺失物を保管していたことに対する謝礼金を要求したのです。十万ズロチの請求に対し、フィリップはなけなしの五万ズロチを支払って勘弁してもらいました。帰り際、おばあさんは略奪物に息を吹き掛け、四つ折りにすると、忍び笑いを漏らしながら、エプロンにしまっている姿がフィリップの目の隅に映りました。

体制転換から四年、このおばあさんからは時代の変化、そしておばあさんのしたたかさを感じます。

ガブリシャはナタリヤからようやく連絡が入ってほっとしたものの、その夜、なかなか寝付くことができませんでした。両親はサナトリウムに保養に出かけていますし、夫は数カ月の予定で在外研究に赴いています。今、家にいるのは赤ん坊の息子と二人きり。穏やかな顔をして眠る赤ん坊の顔を見ながら、ガブリシャは漠然とした不安に襲われます。将来、この子を待ち受けているのは何だろう？　危険？　悪？　それは一体どんな悪だろう？　戦争に駆り出されることもあるのだろうか？
　そんなことを考えながらガブリシャは眠ることを諦め、冷気を求めてバルコニーに出ました。すでに白んできた通りを一人の老人が歩いています。ドムハーヴィェツ先生でした。先生も眠れないままに散歩に出たと言います。ガブリシャはすぐに中に招じ入れ、朝食の準備をしました。ガブリシャにとってドムハーヴィェツ先生は親友クレスカの祖父であり、リツェウムの恩師でもあります。先生はすぐにかつての教え子の不安を感じ取りました。

「賢くて善良な人間になるとしたら、もちろん多くの痛みがこの子を待ち受けているであろう」先生は穏やかに言った。「だがそれはこの子が出会う最悪のことではない。最悪というのは、一生をテレビの前で坐ってすごし、満腹にさらに満杯の皿を重ね、しかもそのことに何の疑問も感じず、穏やかな心でいることだ。一瞬たりとも罪の意識を感じない。何の痛みもない。閉鎖的で、自己満足的。いいかね、今の世でわたしが一番悲しいことは、みんな他の人間から離れて閉じこもってしまっていることだよ。他人なしに人間らしい生活なんて出来はしないことを分かっていないみたいだね。我々には他人が必要だ！　自分とは違うから必要なんだ。〝違えば違うほど、興味深い〟のに。今の社会で人々が最も恐れていること、それは〝違う〟と言うことだ。他人と違うことが恐いものだから、人々は絶えず新たに垣根を作り、周囲を補修し、レッテルをはる。どんなテーマにも同一の意見を持つ集団を作る。意見の相違こそが真実に到る道であることを忘れている。しかし、今日、真実を必要としている者がいるかね？　ガブリシャ、みんな騙されていたいのだよ。わたしはそう思うがね」

ガブリシャはさらに打ち明けます。最近、いかに生きるべきかのモデル、あるいは処方箋がほしくなったことを。

「……この世の居心地があまりに悪くて。世界で起きていることを意識しながら生きていく能力がわたしにはないんです。近くで民族全部が死んでいるというのに、わたしは何をしている？　赤ん坊のおむつを取りかえて、お昼を作って、できることと言えば、カンパをして請願書に署名するだけ」

「わかるよ」ドムハーヴィェツはうなずいた。「自分の力の無さにわたしもむなしくなる。できるだけのことはして自分を慰めてはいるがね」

「何ができますか？」

「君と同じことだ。生きること、行動すること。大事なのは自分のためではなく、他の人のために。そう、他の人のためにだ。少しずつ、一歩一歩、レンガを一個一個積み重ねるように。すでに何かが建ちつつある。いいかね、単純だが自分なりの小さな手段を我々は持っている」

ボレイコ家の四姉妹が卒業したリツェウムで用務員として働いていたヤンコーヴィャクさんは驚いたことに、アウレリア・イェドヴァビンスカの祖母マルタさんと再婚していました！そう、一年前、ヤンコーヴィャクさんはアウレリアに通知表を返すためにガブリシャやクレスカと共にポピェジスカのマルタさんの家を訪れています。その時、ヤンコーヴィャクさんはすぐにマルタおばあさんと打ち解け、意気投合し、いつ果てるともなくお喋りを楽しみました。そして今、ヤンコーヴィャクさんのリューマチは癒え、生き返ったように元気そのものでした。

ヤンコーヴィャクさんはマルタおばあさんの家を白く塗り変え、正面にショーウインドーを設置し、《果物・野菜》と書いた看板を掲げて八百屋を始めていました。さらにちびトラとプィザを驚かせたことに庭には別棟が増築されていました。

……老夫婦の古い家に接して新しい別棟が真新しい漆喰を誇らしげに見せていた。直接芝生へ通じる緑色のドア、二つの窓には赤いチェックのカーテン。他でもないこのできたての別棟にちびトラとプィザを泊まらせようというのが老夫婦の贈り物の内容だった。アウレリアが来るまでは、たった二人だけで！

「ああ、そうだよ。ベッドは四つある」ヤンコーヴィャクさんは客を中に案内した。「年金の足しに、避暑客を受け入れることもできるしな」

「この人が一人で建てたのよ。自分の手でね」マルタ夫人は夫の肩を抱いた。「自分でやっと言う間にコンクリートブロックを作り、壁も自分で塗り、天井の梁を並べるのだけは息子のエウゲニュウシュが手伝ったけれどね」夫人は夫の手を撫でた。夫は身を屈めて妻の頬に勢いよくキスをした。マルタ夫人は若い娘のように頬を染めた。

父のエウゲニュウシュと共にイェジッツェ町の家に戻って元気に暮らしているアウレリアも直《じき》にここにやって来て夏休みを過ごす、とマルタ夫人は嬉しそうに付け加えました。

イェジッツェ物語シリーズには様々なお年寄りの姿が子どもや若者に負けず劣らずに生き生きと描かれていて、作品に重みを与えています。

カササギの予言

ナタリヤはガブリシャの指示通りに二人の姪を連れてポビェジスカのマルタさん、ヤンコーヴィャクさん夫妻の元へと向かいました。そして彼女は同行したフィリップをマルタ夫人に紹介します。夫人は、ナタリヤにボーイフレンドができたと言って喜び、ナタリヤを狼狽させました。フィリップの方はそんなナタリヤを見て、顔をほころばせます。

一足先にポズナンに戻ったフィリップはポズナンの駅で兄に電話を入れました。受話器を取ったのは若い女性でした。代わって電話口に出た兄はナタリヤとは終わったと繰り返し、急いで帰宅する必要はないと弟に告げます。どうやら兄はその女性との楽しい時間を損なわれたくないようでした。フィリップはホームに停車していたポビェジスカ方面に折り返す電車にそのまま飛び乗りました。もう一度ナタリヤに会うために。

ナタリヤはちびトラの水疱瘡が快方に向かい、二人の姪をヤンコーヴィャク夫妻の元に残しても心配ないことを確認してから帰途につきました。ポビェジスカ駅に着いてみると電車はちょうど発車したところでした。彼女は次の電車を待つよりも一つ先のレトニスコ駅まで歩くことにします。線路沿いの道を歩くうちに聞き覚えのあるカチカチ……と鳴く鳥の声がしました。カササギでした。

一方、切符を持たずに折り返しの電車に飛び乗ったフィリップは検札にやってきた車掌に見つかり、ポビェジスカのひとつ手前のレトニスコ駅で有無を言わせずに降ろされてしまいました。彼の頭上でもカササギは鳴いています。

ナタリヤはレトニスコの町並みへと続く坂道を下りました。最初に現れた家並みのわきに錆びついた手押しのポンプ井戸が見えました。すでに先客が勢い良く流れる水を背中やら首筋にかけています。

カササギは輪を描き、やがてナタリヤの頭のすぐそばで羽ばたいてから、飛び去った。ポンプわきの人間は濡れた体をぽんぽんたたき、光る滴を周囲にふりまきながら笑っている。突然ナタリヤはまぶしくて思わず目をつぶった。しかし、その一瞬にしっかりと目撃した。その人のもじゃもじゃの髪と肩幅の広い見覚えのある体つきを。

ナタリヤはさらにスピードを上げ、ついにピンク色の埃を巻き上げながら駆けだした。ポンプわきの人間は直立不動の姿勢を取り、こっちを見た。そして両手を差し出した。

カササギは予期せぬ客人の到来を告げる、あるいは予期せぬ男女の出会いを予言する鳥と言い伝えられています。ナタリヤとフィリップはその予言通りに再会しました。

ポーランドでは今だに騎士道精神が息づき、さらにマリア崇拝を要としたカトリックの伝統が守られていて、女性が表面的には大事にされているように見えます。しかし、それでは女性もまた人間として自分の意思を貫く生き方が出来ているかと言えば、必ずしもそうではありません。

ボレイコ家の四人姉妹の中で一番影の薄い存在の三女ナタリヤですが、彼女は従来の伝統的な結婚観には否定的です。これまでのジェンダー概念を打ち破り、どのように自分らしい生き方を貫いてゆくのか、ナタリヤのこの先が楽しみです。

第六章　美女と野獣――ベラとチャレクの場合

『ロブロイェクの娘』　一九九六年七月十二日から九月二日までの物語

主な登場人物

ベラ（アラベラ・ロイェク）……………この作品の主人公、ビーシューとも呼ばれる
ロブロイェク（ロベルト・ロイェク）………ベラの父親
マイフシャク氏……………………………ロブロイェクの旧友、印刷会社を経営している
チャレク（ツェザーリ・マイフシャク）……マイフシャクの息子、あだ名はフランケン
マテウシュ………………………………マイフシャク家の近くに住む少年
イーダ……………………………………ボレイコ家の二女
ナタリヤ…………………………………ボレイコ家の三女

ウッチからポズナンへ

一九九六年七月十二日、太陽がようやく沈みかけてきた頃、ポズナン市ソワチュ地区のヴィエルコポスルカ大通りに面した路面電車停留所に一人の少女が降り立ちました。小柄で小太りの体に大きなリュックを背負っています。しかし動作はきびきびとしていて、ちょうど通りがかった散歩中の母子のベビーカーに危うくぶつかりそうになりながら通りを渡り、広い敷地に立つ一戸建ての木戸の前で呼び鈴を押しました。ありきたりの二本のおさげ髪の他に左頬には短めの三本目のおさげ髪がぶら下がっていて、何とも個性的な少女です。名前はアラベラ・ロイェク。通称はベラです。父親にはビーシューと呼ばれています。その父親とは、みんなにロブロイェクと呼ばれているロベルト・ロイェクです。

社会主義から資本主義への体制転換が始まって六年、ポーランドでは混乱が続き、物価値上げやリストラの嵐が吹き荒れています。ロブロイェクもそんな嵐に巻き込まれた一人で、ポーランド第三の工業都市ウッチで起業した印刷会社を共同経営者の裏切りもあってつぶしてしまいました。失ったのは会社だけではありません。家も車も失くし、路頭に迷った父娘は旧友マイフシャクの厚意にすがり、父の故郷ポズナンに戻って来ました。

マイフシャクの家は大きくて立派な建物で、広い庭には様々な種類のバラが咲き乱れていました。しかし、ベラの一瞬の期待に反してロブロイェク父娘が住むのは庭の隅にあるかつての園丁小屋です。ベラが到着した時、一足先にポズナン入りしていた父はその小屋のリフォーム真っ最中でした。娘の到着を喜び、狭いキッチンのテーブルにトマトとソーセージをのせたオープンサンドを並べると、父はベラの転校先の高校が決まったことを告げました。そして、どんなことがあってもベラを守ってゆくこと、くじけずに二人で頑張ってゆこうと言いました。さらに、今残っているのは三か月分の生活費だけであることも付け加えました。

ベラはこれまでの安全で心地良かった時代が終わりを告げたことを身を持って実感します。自ら丹精こめて庭づくりをしたウッチの自宅を手放し、習い始めた空手を中断し、高校一年目で親しくなった友と別れ、見知らぬ街ポズナンで一から出直さなければなりません。

「父さん、わたしはまだ知らないよ。父さんがここでどんな仕事をしているのか」

「だからマイフシャクの所で働いている。印刷所だ。あいつは印刷高校時代の同級生だ。彼は自ら事業を起こした。ドイツ直輸入の最新式設備を導入した。おとぎ話のような世界だ。すぐに父さんを雇ってくれたよ。でも変な顔をしていたな」

「変な顔?」

「それは父さんの会社がうまくいっていると聞いていたからだろうな」

「ふーん。それで、思い切って真実を打ち明けたの?」

父と娘の間にしばらく静寂が続いた。

「自尊心が痛んだよ」父さんの口調は冗談じみていた。しかし、顔は曇っていた。申し訳なさそうな目で娘を見つめ、咳払いをした。

「自尊心を痛めなくちゃならないのは共同経営者だった人で、父さんではないでしょ」娘はきつい言い方をした。「汚い真似をしやがって。それなのに父さんときたら、彼を好きだったなんて！」

父親は組み合わせた指に目を落とし、口をつぐむと、目を上げて窓の方を見た。赤いバラの花が風でブランコのように揺れていた。

ベラは父親の顔をまじまじと見つめた。がっしりとした目。四角い顎は頑固さを示し、髭におおわれた口の線は意志の強さとユーモアのセンスを示していた。娘は今日、その父親の顔に無力感と寂しさを見出した。

ベラが何よりも心配なのは父のことでした。父はどうしてウッチで再起を図ることを考えずに、逃げるように故郷ポズナンに戻ってきたのでしょう。そのことが気になって仕方がありませんでした。

野獣との出会い

ポズナンでの最初の夜、薄い壁から浸透してくる冷気でベラはなかなか寝付けず、何度も寝返りを打ちました。その時、マイフシャク家から大きな怒鳴り声とガラスの割れる音がしてきました。どうやら一人息子が暴れているらしいのです。

翌朝、ベラは美しい庭の散歩に出ました。垣根越しに隣家の砂場に小学校中学年くらいの男の子が手作りの矢を持って坐っているのが見えました。声をかけると、フランケンが庭の妖精にレバーやトマトを投げつけるので、見張っているのだと言います。男の子の名前はマテウシュ。フランケンとは、近所の子どもたちがマイフシャク氏の息子チャレク（本名はツェザーリ・マイフシャク）につけたあだ名でした。

散歩を続けながらベラは立木づくりのミニバラを一つ手折って髪にさしました。その時です。突然、ゴリラの面をかぶった男が現れ、ベラに襲いかかってきたのです。俊敏なベラはさっと手を伸ばし、男の顔から面を引きはがしました。ごつごつとした額、鈍重な下あご、太い眉、その下から覗いている小さな目。マイフシャク家の一人息子チャレクでした。フランケンと言うあだ名がぴったりの醜い顔をしています。彼はなおも追いかけて来ました。ベラは身をひるがえし、走って通りへと出ました。そこでまたもや昨日出会った散歩中の母子とぶつかりそうになりました。

その日の夜、ロブロイェク父娘はマイフシャク家のお茶に招待されました。父に懇願され、ベラは渋々と同行します。そのお茶の時にベラはチャレクが高校である事件を起こし、自宅謹慎中の身であることを知りました。ある事件とは、数人の学友とつるんで校舎に爆弾を仕掛けたと言う偽電話を校長にかけたのです。学校は数日間休校となり、警察が爆弾を探しました。ところが爆弾は結局見つからず、虚言の電話だったことがばれました。マイフシャク氏は保護者として多額の罰金を支払ったそうです。

そんなわけでチャレクは家に閉じ込められ、鬱状態になっていました。そんな息子の話し相手になってやってほしいとマイフシャク氏に頼まれ、ベラはチャレクの部屋に入ります。

チャレクはビデオマニアで、棚にはたくさんのビデオテープが並んでいました。レバーやトマトをぶつけられた妖精の姿もビデオに残っていました。さらに彼はかなりの読書家で、書棚にはベラも読んだことのある本や読んだことのない本も並んでいました。さらに庭のバラ作りをしているのが、何とチャレクであることも判明しました。

翌日、ベラは思いがけないことに、チャレクから手紙を受け取りました。

君が嫌悪感を持たずに俺を注視することができないことは、目を見ればわかる。礼儀をわきまえ、不本意な感情をむき出しにしないようにと君は努めてはいるけれど。でも俺には洞察力がある。分かっているんだ。恨んでなんかいない。俺がどんな姿をしているか、わかっている。君の目に映る俺の姿を見ることなく君と話をするために、まさにそうするためにこの手紙を書いている。

俺を包んでいる見せかけのベールを見破ってくれ。

このぞっとするようなベールの下には本当の俺がいる。しかし、このベールもまた俺の体の一部であって、他のものを選ぶことはできなかった。有機集合体が受容できずに放棄したもの、それがフランケンだ。フランケンにとって世間は居心地の良い所ではない。美しい顔と体、魅力、セックスアピール能力、充実した体力や気力、そして闘争心、それらを高く評価する人間たちの中にあっては、フランケンの居場所はない。扶養義務があり、才覚と闘争心を持つ両親のもとで少なくともしばらくの間はひっそりと生きるしかない。けれども、君にこの手紙を書いているのは、フランケンではない。

その内部にいる、俺だ。

俺はずっと君のことを待っていた。君の出現によって俺は解放されると感じた。もう三日間も俺は君を窓から観察している。君が木戸のベルを押したのを最初に耳にしたのは、この俺だ。

最初の一瞬だけ俺はちょっとがっかりした。おとぎ話に出てくるような美女を期待していたからな。君はチビで太っちょで、並みの女の子だった。ところが暴君と話を交わす君はしっかりと顔を上げていた。内面に備えた強い個性の輝きがジャガイモみたいな体つきを色あせさせた。バラ色の温かさ、空色の物思い、金色の穏やかさ。それら全てが意志とか意識とかを越えて、君の体からほとばしり出ていた。そんな内的放射物をキャッチできるのは、正常な人間的接触と喜びを奪われ、その代わりに強い感受性を与えられた俺のような少数の者だけだ。他の奴には見えないものが俺には見える。それはしょっちゅうあることだ。

太っちょ？　ジャガイモ？　ベラは頭にきます。そしてお涙頂戴的な内容に、ベラはチャレクを弱虫と決めつけました。それに対して父親のロブロイェクは、弱者は少なくとも悪者ではないし、弱者は強者より重要な存在だと言うのです。世界は強者のためにあると同様に弱者のためにも存在するものでなければならないとも言いました。うぬぼれに陥った強者に必要なのは心を開き、解放し、愛することを許してくれる弱い者たちだと、父は娘を諭しました。

自分だけの領域

ポズナン市ソワチュ地区にあるかつての園丁小屋をリフォームして新しい生活を始めた父ロブロイェクと娘ベラ。経済的な不安はあるものの、二人でこの厳しい状況を乗り越えてゆこうと話し合い、気持ちを奮い立たせ、まずまずの滑り出しをしました。しかしベラは父の様子がウッチにいた頃とは違うことに気がつきます。全てを失ってのスタートだから違って当然と言えば当然なのですが、父は時々放心状態になるのです。どうやらそれは父が印刷学校時代に付き合っていたアニェラという女性と関係があるらしく、マイフシャク氏の話では、アニェラは今は名の通った女優になり、結婚もしたとのことでした。しかし父はいまだに彼女のことを忘れられないようでした。ラジオからアニェラの詩の朗誦が流れてくると父は娘の存在を忘れて陶酔状態に陥りました。かつて父が親しくしていたボレイコ家のお茶の席で嘘つき娘（アニェラのあだ名）の話が出ると、父は顔を赤くして話をそらしました。

ベラはまだ幼い時に母親を交通事故で失いました。それからは父がまさに己を捨て、四六時中献身的にベラを育ててくれました。万一、父がどこかの女性と再婚したいと言い出してもベラには反対するつもりはありませんでした。ところが高校時代に付き合っていたというアニェラだけはなぜかいやでした。自分でもどうしてなのかわかりません。名前を聞いただけで反発したくなるのです。ある日、ベラは父親に彼女のことを尋ねました。

「もう一つ聞きたいことがあるんだけど」

「なんだい」

「嘘つき娘って誰のこと？」

ガーン!!!　キッチンテーブルのど真ん中に隕石が落ちたようだった。父さんは一瞬頭の中が真っ白になり、身震いし、呆けたような目をベラに向けた。少し落ち着きを取り戻してから父さんは質問に質問を返した。

「誰がお前さんに彼女のことを話した……？」言葉を途中で切り、父さんは口髭をかんだ。

「ボレイコ家で嘘つき娘の話が出たじゃない。テーブルわきで。その時、父さんったら赤くなってたよ」娘はずけずけと言った。「今も赤くなってるけど」

父親は束の間、とても惨めな顔をし、きまり悪そうに娘の視線から逃げた。やがて自分を取り戻し、眉根を寄せ、その結果、鼻の根元に線ができた。両手を開いてテーブルの上にのせ、まっすぐにベラの目を見た。さらにしばらく口を閉ざしたまま、父さんは言葉を探した。ベラの方はその間、冷や汗が出るほど妙に怖気づいた。

「分かっている」父親はゆっくりと話し始めた。「一つ屋根の下に一緒に住んでいると、意に反して相手の非常に個人的な問題に首を突っ込んでしまうことがあることを。父さんだってお前さんの胸の内を洗いざらい聞き出してみたい誘惑にしょっちゅうかられる。でもそうはしない」

父はまた口をつぐんだ。ベラは息をするのさえ怖く、父親から目を離さなかった。

「そこに潜んでいることを父さんはあえて聞き出そうとは思わない」ロブロイェクは硬い口調のまま続けた。「愛していればいるほど、その人に自由を残しておきたい。もし、何か打ち明けることがあるとすれば、父さんは真っ先に娘のベラに話すだろう。なぜならこの世で一番近い所にいるのはお前さんだからな。でも、誰にも踏み込むことのできない領域も、心の中に持っていたい。ましてやノックもしないで侵入されるのはまっぴらだ」

ベラは赤面し、唇をかんだ。

父親はそれに気づき、すぐに穏やかな口調を取り戻した。

「汚い秘密を隠しているということではないんだ。ただ、ある意味で、自分だけの領域にしておきたい部分があるということだ」

父さんは顔をひきつらせながらも娘に笑顔を向けた。

〝誰にも踏み込むことのできない領域を心の中に持っていたい〟と言う父の言葉はベラの心に重く響きました。しかし、アニェラに対する反感が消えたわけではありませんでした。

再びの暗転

ベラはマイフシャク氏に根気強く頭を下げ、チャレクを散歩に連れ出す許可をようやく得ました。二人は通りに出た所で隣家に住む少年マテウシュに声をかけられました。少年は母の目を盗んで妖精の置物を庭から引っ張り出したと言います。チャレクは喜び、妖精と引き換えに持参していたビデオカメラをマテウシュに貸し与えました。チャレクはベラとの散歩をそっちのけにして、ソワツキ湖のわきにあるかつての飛び込み台の上から妖精を落下させ、マテウシュはその様子をビデオに撮りました。そして、なぜ妖精を憎むのかについてチャレクは演説をぶちます。

「石膏の妖精よ、話しかけているのはこのフランケン。妖精よ、お前は俺にとって抑圧の象徴だ。知っての通り、抑圧の象徴は罰を受ける運命にある。お前も然り。俺はお前が象徴するあらゆる現実の罪を告発する。お前が実際に罪を犯したかどうか、そんなことはどうでもいい。次の事柄を告発する。醜悪と空虚が周囲を支配していること。公正も権威もなく、あらゆるものが薄っぺらで、笑いものにされ、反吐が出るほどグロテスクであること。誰も真剣に生きようとせず、毎日毎日テレビにくぎ付けになっていること。自ら考えることをせず、能天気になっていること。安っぽい幻想に縛られていること。本を読もうとせず、文化が軽んじられていること。自分について言えば、俺には戦うべき対象がない。最大の冒険と言えば金を稼ぐことくらいで、そんな生き方を拒否すれば、社会の屑として切り捨てられる。俺はそんな現実を告発する。告発すべきことはまだある。全てが代用品にとって代わり、愛も理念も美もないこと。そんな現実に終止符を打とうとする者はおらず、醜悪と空虚が永遠に続いていること。俺はそれらすべての罪に対し、お前に死刑を言い渡す。お前に消え去ってもらう」

何と悲観的な、と嘲ってはみたものの、ベラは心の奥底ではこの演説に感動を覚えました。七月二十二日はベラの十六回目の誕生日でした。朝、目を覚ますと父さんはすでに仕事に出ていました。起き出したベラは狭い小屋のあちこちに、いつ用意したのか、父からの誕生日プレゼントを発見しました。まずは洗面台の鏡に16と言う数字と感嘆符の付いたカードがはり付けてありました。さらにガラス棚の上には包装紙にくるまれた小さなバラの形のブローチが置いてありました。はちみつ色の琥珀を彫って作られたもので、ベラは一目で気に入りました。さらにキッチンのパンケースの中にはチョコレート。そして冷蔵庫の中には黄色っぽくなった戦前版の『美女と野獣』の本を発見しました。それはディズニー版に飽き足らないベラが以前から古本屋で探していたものでした。

ベラは時間をかけて自分でケーキを焼き、いつもよりはちょっとリッチな食事を作り、父さんの帰りを待ちました。父さんが帰宅し、やがて招待したチャレクとマテウシュも加わり、一緒にバースデーケーキを食べました。チャレクとマテウシュは精いっぱいの正装をしていて、何とチャレクの上着はブランドものでした。ささやかながら賑やかな宴の後、父さんはどこかに消え、ベラはチャレクとマテウシュからの誕生日プレゼント――発砲スチロールと古い蛍光灯とシーツで作った帆船を見るためにソワツキ湖に出かけます。

湖に浮かんだ手作りの不格好な帆船。甲板には16本のロウソクが灯され、船べりはマーガレットとバラの花輪で飾られていました。テープレコーダーからパヴァロッティが歌う〝オー、ベラ、ベラ……〟の歌声が流れるとベラは帆船に乗るようにと勧められます。しかし、彼女はその申し出を断りました。ベラに代わってチャレクは上着を脱いでその帆船に乗り込み、既に用意してあった花火に火を点けました。薄暗さを増した周囲はまるでおとぎ話のような世界になります。マテウシュは夢中でビデオカメラを回し続けています。

爆発が起こったのはその時でした。ロケット花火から炎が噴出し、同時にチャレクのうめき声が上がりました。喉の辺りに手を当て、そこから血がドクドクと流れ出しているではありませんか。ベラはタクシー乗り場までチャレクを引きずり、最寄りの病院へと運びました。

幸い傷は動脈には達しておらず、チャレクは医師に十一針を縫ってもらいました。ベラは再びタクシーで彼をマイフシャク家に連れ帰ります。ベラに対するマイフシャク夫妻の対応は言わずもがなで、マイフシャク夫人は息子がブランド物の上着を失くしたことに最大の怒りを向けました。翌朝、夫妻に怒鳴りこまれたロブロイェク父娘はマイフシャク氏の「すぐに出て行け」の一言で再び路頭に迷う身となってしまいました。

ほとんどの家財道具を残したまま、最低限必要な身の回りの物をバッグに詰め込み、ロブロイェクとベラはヴィェルコポルスカ大通りに出ました。そばではマイフシャク夫人の執拗な怒鳴り声が続いています。そこに通りがかったのがいつもの散歩中のボレイコ家の二女イーダとユジーネク母子でした。ことの次第を察したイーダは途方に暮れるロブロイェクとベラをひとまず強引にボレイコ家に連れて行きます。

ボレイコ家の三女ナタリヤ

ポズナンに戻って以来、ロブロイェクがボレイコ家を訪れたのはこの日が初めてではありませんでした。ずっとご無沙汰していたボレイコ家と彼を再び結びつけるきっかけとなったのは、ナタリヤとの再会でした。

それはロブロイェク父娘がポズナンに出て来て間もない日のことでした、父とキッチンにいたベラは若い女性がベビーカーを押してこの日も散歩しているのを窓から見かけました。前日、チャレクに追いかけられた時、ベラは女性とぶつかり、その際に女性はバッグを通りに落としたまま行ってしまったのです。ベラはそのバッグをあずかっていました。

ベラは外に走り、女性と子どもを小屋に連れて来ました。ところがその女性は姉に代わって甥と散歩中の妹の方でした。ロブロイェクは女性を目にすると、なぜか懐かしさで胸が熱くなるのを覚えました。そう、彼女はボレイコ家の三女ナタリヤだったのです。ロブロイェクがウッチに出る前、最後に会った時にはナタリヤはまだ幼い少女でした。それが今は落ち着いた美しい女性に変貌していました。

ロブロイェクとベラがマルタ湖の湖岸で開かれた野外音楽祭に出かけた時、父と娘ははぐれてしまいます。その時にロブロイェクと一緒にベラを探してくれたのもナタリヤでした。ナタリヤはボーイフレンドのフィリップの演奏を聞きに来ていたのです。その日は蒸し暑い日で、湖で水浴びをしようと父と娘は市内の南西部にあるマルタ湖にやって来たのですが、湖岸の野外ステージでは『オフ‐マルタ』フェスティバルの最中で、そこにアニェラが出演していました。ロブロイェクはステージのアニェラに釘づけになり、またもや娘の存在を忘れてしまったのです。頭に来たベラは先に家に一人で帰ってしまいます。そうとは知らないロブロイェクはナタリヤと一緒にベラを探しますが見つかりません。ナタリヤはロブロイェクを一人で帰すに忍びなく、家まで付き合ってくれました。

フィリップとの待ち合わせ時刻を過ぎても、ナタリヤは居心地の良いロブロイェクの家のキッチンを離れることができませんでした。結局、フィリップとの約束をすっぽかして自宅に戻ることにしたナタリヤをロブロイェクはタクシー乗り場まで送って行きます。途中、気がついたらナタリヤは胸のもやもやをロブロイェクに打ち明けていました。

「自分の居場所を見出せないんです」ナタリヤは打ち明けた。「二十五歳になります。教育を受け、優秀な成績で大学を卒業しました。でもいまだに何も分かっていません。一体自分が何をしたいのか、分からないんです。自分が存在していないのでは、と思えるほど分かっていません。何が一番大事なのか。いかに生きるべきか。しかるべき行動を試みてはいつも誤りをおかし、道を外しています。こんな人生、いつになったら卒業できるのでしょう?」

ロブロイェクは真剣な顔をしてナタリヤの顔を見つめた。彼女の言うこと全てを理解した。口髭に雨粒がのり、目の下に優しいしわが寄っていた。

「死ぬまで卒業することはないでしょうね」ロブロイェクは答えた。「一人の人間の中で全ては変わり続けるし、成長し続けます。もちろんわたしたちはお互いに色々な忠告をし合うことはできるし、勇気を与えあうこともできるでしょう。でも探し物から解放してくれるのは他人ではありません」

「探し物を続けることって、すごく苦しいですよね……」

「そう、そう、すごく大変なことです」ロブロイェクは考え込みながら言った。「でも、そんな状況の中で僕にはわかったことが……あります」

「どんなこと？……」

「何と言ったらいいのかな、そう、痛みを恐れることはないということかな」

「痛みを？」

「そう。人生にはたくさんの苦痛があります。でもその痛みの先にはいつも良い解決策が待っているものです」

ナタリヤは呆けたようにロブロイェクを見つめた。

ナタリヤはどうしてロブロイェクにこんなことをしゃべってしまったのか、自分でも分かりませんでした。これまで誰にも、付きあっているフィリップにさえ話したことなんてなかったのですから。

マイフシャクの所を追い出され、イーダに連れられてボレイコ家にやって来たロブロイェク父娘。ボレイコ家にはガブリシャ、ボレイコ夫妻、そしてナタリヤもいました。事情を知ったガブリシャは二人ともしばらくここで暮らすようにと提案します。ロブロイェクはそんな厚意に甘えるわけにはいかないと答え、ベラは祖母の家で暮らし、自分はモーテルに泊まって仕事を探すと、自分の決断を告げました。父のそばにいたいと言い張るベラのわきで、せめてベラにだけはここで暮らしてもらうとボレイコ母さんは強く主張します。その時、ロブロイェクはちらりとナタリヤに視線を向けました。ナタリヤはエールを送るかのようにうなずいてみせました。

二十五歳になって遅まきながらようやく自分を見つめ、自己主張できるようになったナタリヤ。人間はいくつになっても成長できるものです。

ベラのアルバイト

ベラはガブリシャの二人の娘の部屋（ちびトラとプィザは夏休みをポズナン近郊のヤンコーヴィヤク夫妻の家で過ごしている）のベッドを借り、寝起きしました。できるだけボレイコ家に負担をかけないように、たくさん手伝いをするようにと心がけました。さらにベラはかつて父親が働いていた印刷所の製本部門に夏休み中だけのアルバイト先を見つけます。それは父さんには内緒でした。

ベラに与えられた仕事は出来上がった書籍を梱包する作業で、初めての経験ではありましたが、子どもの頃から父の仕事を見て育っていたので、すぐに印刷所の雰囲気に馴染むことができました。どの従業員も親切で、わからないことは手を取って教えてくれました。ベラが感謝の言葉を口にすると従業員は、誰かに助けてもらったら、その分を必ず別の人に返すことだと言い、その言葉はベラの胸に響きます。

バイトを始めて二週間ほどが経った頃、ベラは職工長に用事を頼まれて三階に向かいました。その時、聞き覚えのある声を耳にします。何と父が台車を押しながら同僚と話をしているではありませんか。ベラは素早く柱の陰に隠れました。先日、ボレイコ家に寄った父は、ようやく印刷工場に仕事が見つかったと言っていました。ベラは喜び、仕事の内容は父の専門的な技能を生かすことのできるオフセット部門に違いないと思いこんでいたのです。ところが違いました。父は単なる雑用係りに過ぎませんでした。父はなぜそのことを話さなかったのでしょう？娘の手前、恥ずかしかったのでしょうか？

ベラは最悪の気持ちで帰宅しました。その時にボレイコ家にいたのはナタリヤ一人だけで、彼女はベラのためにお昼を用意してくれました。ナタリヤは何ごとにも不器用で、カボチャのソテーを作りながら手にやけどをし、ベラは手当をしてやります。落ち着きを取り戻したナタリヤはベラにいつもの元気がないことに気がつきました。

「あなた、何か悪いことがあったんじゃないよね？」ナタリヤはそっとベラの目を覗き込んだ。「帰って来てからずっと元気がないよ。今にも泣き出しそうじゃない?」

ナタリヤの言葉が終わるか終らないかのうちにベラの瞼の下に涙の粒が現れた。まるで誰かが呼び覚ましてくれるのを待っていたかのように、両頬に涙が滴り落ちた。

「どうしたの!?」ナタリヤは驚いてベラの腕を両手でつかんだ。

「別に、別に。ただ……父さんが」ベラは声を詰まらせ、すぐに口を閉じた。今日、目にしたことをナタリヤに話すつもりはなかった。

「父さんがどうしたの!?……」

「い、いや、な、何でもない。しばらく父さんに会ってないから」ベラは言い逃れをし、鼻を拭い、平気を装おうと努めた。

「ああ、そういうことね。確かにあなたたちはすれ違いが多いものね。午前中はあなたもお父さんもそれぞれの仕事があるし、午後にはあなたは帰って来るけれど、お父さんはまた仕事だものね。お父さんに台所のペンキ塗りをしてもらったあの女性、今度は別の女性を紹介したのよ。そしてその女性もまた別の人を紹介して……それからもう二週間になるわね。ペンキ塗り、タイルはめ、ガラス入れ……お父さんはあなたと住む部屋を借りるために必死で働いてるわ」

「わたし、ちっとも知らなかった!」ほとんど怒鳴るような声でベラは叫んだ。「ペンキ塗りをしてるの?」

「あなた、もしかして怒ってるの？」ナタリヤは不安そうに尋ねた。

「わたしが怒ってる⁉」ベラは噛みつくように答えた。「父さんは落ちるところまで落ちてしまったものね！」

ナタリヤは唇をかみ、その唇に指をあてた。それから手を組み合わせ、静かに言った。

「あなた、間違ってるわ。こんな時に〝落ちる〟なんて言葉を使うべきではない」

「それじゃ何て言えばいいの？」ベラは頭にきた。「印刷所では最低の仕事をしているのよ！」ベラは爆発した。

「そうね」

「知ってるの⁉」

「知ってるわ。お父さんが話してくれたから。ようやくあり着いた仕事は希望したものではなかったって。今は仕事を見つけるのがすごく大変な時代だもの……」

「分かってる。でも、わたしは見ていられない」

「どうして？　仕事の内容が人の価値を決めると思ってるの？」

「うん」

「お父さんはそう思っていないわ。どんな仕事だって恥ずかしがってなんかいない。どうしてか、わたしは知ってる」ナタリヤは言った。「働くことが愛情の表現だと思ってるからよ。あなたのために働いているのよ。でも、あなたの犠牲になってるとは思ってない。

だって全てはお父さんの思いやりから生まれていることだもの」

「ナタリヤはわたしの父さんのこと好きなのね」

「好きよ」ナタリヤは素直に言った。

「だから父さんの弁護をするのね」

「お父さんは弁護なんか必要としていない。誠実で善良なだけ。それにとても勇敢だわ」

ベラは鼻をかんだ。

「わたしって、かなりのお馬鹿かも」ベラは言った。

「たぶんね」ナタリヤは笑い出した。「でもその代わりに、あなたにはある種の能力が備わっているわ」

「能力？　どんな？」

「麻酔をかける能力。あなたが泣き出してから、やけどの痛みが消えてしまったもの」

ベラにとってナタリヤは信頼できる存在であり、ナタリヤにとってもベラは頼りになる存在でした。

バイト最終日、ベラはお世話になった職場の上司から思いがけないことを知らされました。ベラがここで働いていたことを父さんは最初から知っていたと言うのです。娘自慢さえしていたと言うのです。知らなかったのはベラ本人だけでした。

ベラは初めて稼いだお金の一部で父さんのためにワインを買い、子牛肉のカツにインゲンを添えたごちそうを作りました。そして残りの大部分のお金は家計の足しにしてほしいと父さんに渡しました。これからは学校から帰ったら、父さんのペンキ塗りの仕事を手伝うとも言いました。父さんは勉強がおろそかになりはしないかと心配しながらも、素直に喜んでくれました。

チャレク、塔から転落

マイフシャク家の小屋を追い出されて以来、ベラはチャレクのことが気になりながらも、会いに行くすべはありませんでした。そして、ある日、チャレクが塔から落ちてけがをしたと言う知らせがマテウシュとイーダを介してベラの元に届きました。

八月三日土曜日、ドミニコ教会でエルカ・ストルィバとトメク・コヴァリクの結婚式が執り行われる日です。『ノエルカ』に登場したエルカとトメクは交際を続け、愛を育み、めでたくこの日、結婚にこぎつけたのです。ロブロイェクとベラも招待され、二人は一張羅姿で教会にやって来ました。

式場にはアニェラも現れました。実はこの数日前、ロブロイェクは偶然、アニェラに出くわしていました。彼はある家のキッチンのリフォーム中で、バケツを手に中庭にあるゴミ捨て場に向かっていました。その時、双子の男の子を連れた女性を見かけました。アニェラでした。彼女は化粧をしていたけれど、それを除けば以前とちっとも変っていませんでした。ところが、ロブロイェクはアニェラを目の前にしても少しも動揺しませんでした。不思議なほどに冷静でいられました。アニェラは再会を喜び、矢継ぎ早に質問を浴びせてロブロイェクの近況を聞き出そうとしました。ロブロイェクは娘がいること、娘は今、ボレイコ家で世話になっていることを告げます。そして、ナタリヤが成長して立派な女性になったことも。どうしてそんなことを言ったのか、自分でも分かりませんでした。

　式が始まる直前、ベラは教会の中庭でアニェラと相対しました。アニェラは開口一番ベラに対して、父親にそっくりだと言います。ベラはふくれっ面になり、教会の中には入らずにそのままマイフシャク家に向かってしまいます。チャレクに会いたかったのです。怪我の具合を知りたかったのです。マテウシュの誘導でチャレクの部屋に忍びこんだベラはベッドに横たわる痛々しいチャレクの姿を目にしました。鎖骨と肋骨が折れていると言います。


「君が来てくれたってことは」チャレクは静かに言った。「人生も悪くないってことだな」

「来なかったとしても、悪くはないよ」ベラは穏やかに答えた。

「いいや」

「何、言ってるのよ、絶対に悪くないってば」

「君にとってはそうかもしれない。でも俺にとっては違う。俺は誰にも愛されていない。

いや、つまり、俺は誰にも必要とされていない。そう思うと、人生に意味があるなんて思えなくなる。つまり、生きる重さとか大事さを感じることができなくなる。それを感じることができるかどうかは、何っていうか、人間が持つ不思議な力に関係しているんじゃないかな。君を見てると、君にはその力があることが良くわかるよ。他の人たちにもある。その力の重み、そして本質を君は自分の行動に与えている。その力って、いったい、どこから生まれてくるんだろう？」

「わからない」ベラは答えた。本当に分からなかった。ただ、なぜかその時、父の姿が脳裏をかすめた。

「その力は」フランケンはゆっくりと続けた。「まずは人間にあらかじめ備わっていなければならない。備わっていて初めて有効な状況を作ることができるからね。そしてその力は人間の内部で大きくなり、ますます有効なものとなる。俺の場合はその全てが逆方向に動いてしまうんだ。無意味で無力な方向に。あらゆる歯車が悪い方、悪い方へと回ってしまうんだ。そんな時に君が突然現れた。今、その歯車は止まっているけれど、でも、これからどうなるのか……わからない」

フランケンはベラの手を強く握り、頬にあてた。

その時、部屋のドアが荒々しく開き、ものすごい形相のマイフシャク夫妻が入って来ました。

「ベラを追い出さないで」と懇願するチャレクの声。ベラはほうほうの体で外に出ました。帰り道、平気を装ってはみたものの、ベラの頬に涙がつたいます。

美女と野獣のハッピーエンド

ガブリシャの骨折りで、ロブロイェク父娘はトメクが出た後のコヴァリク家の屋根裏部屋に居を定めることができました。ベラは、窓に野葡萄が絡みついている小さな一室がいたく気に入ります。その部屋はかつて嘘つき娘が、つまりアニェラが借りていた部屋でした。引越しが終わり、ようやく落ち着いた頃、ベラのもとにチャレクから短い手紙が届きます。マテウシュの家の地下室に保管しておいたロブロイェク父娘の家財道具を明日、トラックで送り届けると言う内容でした。

翌日の夕方、トラックがやって来ました。ベッド、テーブル、椅子、本棚。それだけではありません。荷台の奥にはまだ何かが積まれていました。何とそれは水をはったバケツや桶に入ったおびただしい数のバラ、バラ、バラでした。

九月二日、月曜日、ベラは転校先のジェロムスキ高校の始業式に向かいました。白いブラウスに紺色のスカート。ブラウスの襟には幸運を願って、父からの誕生日プレゼントである琥珀のバラのブローチを留めました。講堂での長い式が終わると生徒たちは各教室に入り、担任の話を聞きました。その時、ベラの教室のドアがノックされ、一人の生徒が入って来ました。松葉づえをついています。周囲に「留年生だ！　爆弾をしかけたやつだ！」と言うひそひそ声が広がりました。チャレクでした。チャレクは空いた席に居心地悪そうに腰を下ろします。ベラは紙切れに何か書いて元気づけてやりたいと思い、ペンを取り出しました。しかし、何を書いていいのか分かりません。とっさに襟から琥珀のバラのブローチを外して紙切れにさし、もう一枚の紙切れで包みました。それを新入りに渡してほしいと言って、前の席の生徒に頼みました。

チャレクはその包みを開けます。その瞬間、彼の耳はバラ色に染まりました。

小説『美女と野獣』をモチーフにして展開するベラとチャレクの愛の物語は、ベラがフランケンの仮面の下に真のツェザーリ・マイフシャクを見出したことでハッピーエンドを示しています。ベラが表面的美醜にこだわるのではなく、人間の真の姿を捕えることが出来るまでに成長したのは、やはり父ロブロイェクの存在が大きく関わっています。父は娘を決して子ども扱いにはしません。さらに娘の前で自分の長所も短所もさらけ出します。一番近い存在である娘との生活において、父は自分の中に誰にも踏み込むことのできない領域をも持っていたいと主張します。そんな父親の誠実さ、率直さがベラを成長へと導いているのではないでしょうか。

そしてこの作品にはロブロイェクとナタリヤの愛の芽生えも描かれています。若い二人と大人の二人、二組の愛の物語を縦横に巧みに操っているのが、短い夏の散歩を楽しみながら交わすイーダとユジーネク母子の会話です。会話と言うよりはどちらかというとイーダの独白で、ある内容はある時は息子の身近なライバルである姉ガブリシャの息子イグナシのことであり、ある時はポーランド・ルネサンスの詩人ヤン・コハノフスキの詩のことであり、さらにある時は地球温暖化や大気汚染、遺伝子コード、そして体制転換後にポーランドの庭に急増した妖精の置物についてです。そこにはイェジッツェ物語シリーズに不可欠のアイロニーとユーモアが惜しみなく発揮されています。

第七章

荒れるちびトラ、なだめるルージャ

『ちびトラとルージャ』一九九九年二月十八日から二十一日までの物語

主な登場人物

ちびトラ（ラウラ）……この作品の主人公、ガブリシャの二女
プィザ（ルージャ）……ちびトラの姉、ガブリシャの長女
ガブリシャ……ボレイコ家の長女
ヤヌシュ・プィジャク……ガブリシャの前夫、ちびトラとプィザの父親
アルマ・プィジャク……ヤヌシュの姉
グジェシ（グジェゴシュ・ストルィバ）……ガブリシャの二番目の夫
イグナシ……ガブリシャとグジェシの間の息子
オレンカ……アルマ・プィジャクの同僚
ロブロイェク……娘のベラと離れ、ウッチで働いている
ナタリヤ……ボレイコ家の三女

ちびトラの反抗

ミーラ・ボレイコ、そしてイグナツィ・ボレイコ夫妻が四人の娘たち、ガブリシャ、イーダ、ナタリヤ、パトリツィヤを連れてポズナン市中心部の北西に位置するイェジッツェ町ルーズヴェルト通り5番地の古い石造り集合住宅に移り住んだのは一九七七年のことでした。それから二十二年の歳月が流れました。娘たちのうち三女ナタリヤを除く三人はそれぞれに家庭を作り、仕事を持ちながら子育てに奮闘しています。今も両親と同じルーズヴェルト通りの家に住む長女ガブリシャには前夫ヤヌシュ・プィジャクとの間に娘ルージャとラウラが、再婚したグジェゴシュ・ストルィバ（愛称はグジェシ）との間に五歳になる男の子イグナツィ・グジェゴシュ（愛称はイグナシ）がいます。

十七歳になったルージャはブロンドの髪にふっくらとした体型をしていて、家族にはポーランドの団子料理の名前である〝プィザ〟と呼ばれ、性格は穏やかで優しく、率先して母の手伝いをし、みんなに好かれています。その一方で黒い髪に釣り上がり気味の目の十四歳のラウラはきつい性格で、誰に対しても思ったことをずけずけと言います。彼女は幼い時に母に読んでもらった『クマのプーさん』に登場したトラが大好きで、自ら〝ちびトラ〟というあだ名をつけ、家族にもそのあだ名で呼ばれています。

ガブリシャは三人の子どもすべてに同様の愛情をかけて育てているつもりなのですが、ちびトラが最近とみに反抗的になっていることに心を痛めています。ちびトラは小さい頃から突飛な行動に出ることが多い子どもでした。学校のクラス会計係りとして集めたお金でこっそりアイスのバナナ・ジョーを買って問題を起こしたり、ナタリヤおばさんとおばさんのボーイフレンドの関係を引っ掻き回したり……数えあげたらきりがありません。自我が芽生えてきた昨今、ちびトラは家族の中で自分が浮き上がっていることを自覚し、その原因が家族を捨てて家を出た実の父親から受け継いだDNAに関係しているのでは、と考えるようになりました。父が家を出たのはなぜなのか？　今、どこでどんな生活をしているのか？　彼女がそのことを家族に根掘り葉掘り聞き出すようになったのは一年ほど前からです。母親と祖父母から得た情報は差し障りの無いことばかりで、そのことがちびトラをますますイラつかせました。

ある日の夕食時、ちびトラはドアを乱暴に閉めたことをみんなにたしなめられ、それが引き金となってついに爆発しました。

「……プィザのように誰に対しても優しい態度で接した方が自分の気分もいいのではないかね？」祖父は言った。「どうしてお前さんは少し気持ちを害されただけで、そうも攻撃的になるんだね？」

「もう、おじいちゃんたら！　やめてよ！」ラウラは口をとがらせた。「わたしって落ち着いて夕食も食べられないわけ？　自分がいかに酷い人間であったかを黙って聞いていなくちゃならないわけ？　そう、そうですか、いいですよ、ごめんなさい、ママ、ドアを強く閉めて。でももう閉めてしまったんだし、もう謝ったんだから話題を変えてもいいでしょ？」

「変えましょう」ママは同意した。「ママは怒ってなんかいないわ。誰だって、たぶん、ドアを強く閉めたことはあるんだもの」

「たとえば、イグナシ」

ラウラは自らの言葉に反して、いつまでもしつこかった。「イグナシはいつだって強く閉めてる。それなのに誰も悪く言ったりしないんだから」

「ぼ、ぼく、ぼ、ぼくは強く閉めたりなんかしないよ。ただ、今日は風が強くて、ドアが勝手に閉まっちゃうんだもん」

「ちびトラ、イグナシにお鉢を回すのはやめなさい」グジェシが言った。

「それとも皆さんお気に入りの誰にでも優しいピィザは……」ラウラはさらに続けた。

自分のあだ名を耳にしたルージャは出番が来たことを知ります。妹が完全に分解してしまわないうちに彼女を落ち着かせなければなりません。そこでルージャはローマに修学旅行に行く楽しい話題を提供しました。古典文献学者の祖父はその話題に喜んで飛びつき、その場の雰囲気は変わるかに思えました。ところがちびトラの腹の虫は収まることを知りませんでした。

「まあ！　良いご身分ですこと！」ラウラはルージャに向かって不平をぶつけた。「どうぞお出かけください。残った者たちは相も変わらずこの灰色の世界で……」ちびトラはさらにきつい言葉をぶつけようと息を吸い込んだその時、グジェシが突然、うっとりと口をはさんだ。

「ガブリシャ、僕たちのヴェニスを覚えているかい？　ピィザ、ヴェニスで見る価値があるのはどこか、どこのアイスやピザがおいしいか、僕たちに聞きなさい。ねえ、ガブリシャ、僕たちがお腹ペコペコだったの、覚えてるかい？　すごくハッピーだったこと、覚えてるかい！」

「待てよ、それって何年のことだったかね？」小人の絵のマグカップからお茶を飲みながら祖父が尋ねた。

「僕たちの新婚旅行でしたから、一九九二年です」グジェシは思い出しながら笑顔を作った。

「それは驚いた！　もうそんなに年月が経ったとは！　九二年！　その年はミーラとどこへ夏休み旅行をしたんだったかね？」

「その頃、わたしのパパはどこにいたのかな？」ラウラは軽い口調で尋ねると、ママに火の点いた熱い視線を向けた。

みんなは一瞬、ラウラを見つめた。

周囲は重い静寂に包まれた。

「ちびトラ、今日はお前さん、どうしたんだい？　もしかして病気かね？」祖父は孫娘の額に手を当てながら聞いた。「あれ！　熱があるんじゃないのか？」

グジェシはマグカップをゆっくりと脇によけた。

「悪意のこもった質問だぞ！」グジェシはラウラの目をじっと見つめながら言った。

「いや、違うの、グジェシ」ママは異議を唱えた、「悪意ではなく……」

しかしラウラはママに弁護することを許さなかった。

「もちろん悪意です」ラウラは義父に同意した。「正真正銘の悪意を込めてわたしは皆さんに思い出させているのです。あなたたちが幸せに、何の心配もなく暮らしている時に、わたしのパパはどこかで一人ぽっちで生きている……」


ここでグジェシの堪忍袋の緒が切れました。愛する妻ガブリシャを守らなければと感じます。義父はラウラに部屋に戻って、自分の言動を反省するようにと命令しました。しかし、それに従うようなラウラではありません。彼女はグジェシの言葉を無視して食事を続けます。気まずい空気の中、ガブリシャはテーブル下の夫の手を強く握り、ルージャはなすすべもなく修学旅行の話を続けました。

父を求めてトルンへ

ラウラとルージャの実父ヤヌシュ・プィジャクが家を出たのは戒厳令（自由を求めて立ち上がった労働者や学生、知識人の運動を封じ込めるために時の政権が一九八一年十二月にポーランド全土に布告し、八三年七月まで続いた）のせいだと祖母のミーラは言いました。ちびトラはその言葉に食い下がり、さらに聞き出しました。父親にはアルマという名前の姉がいて、トルンに住み、大学の教員をしていると言います。祖母は両親の結婚写真も見せてくれました。ちびトラはその写真を自分のノート式カレンダーの最後のページにこっそり挟み込みました。

夕食のテーブルで騒動を起こした翌日、ちびトラは学校を途中で抜け出し、ポズナン中央駅からトルン行きの列車に飛び乗りました。アルマ・プィジャクに会い、父の消息を得るために。母には洗面所のコップ脇に短い手紙を残したものの、家族には内緒の旅で、日帰りで夜の十時頃には帰宅する予定でした。

車中でちびトラは頭痛、吐き気、寒気に襲われます。家では祖母とナタリヤおばさんがインフルエンザに罹って寝ていました。どうやらちびトラはこの二人からウイルスをもらったようでした。列車はトルン駅に到着しました。からからの喉をうるおすために駅前のキオスクでジュースを買う段になって、財布が消えていることに気がつきました。ポズナン駅で切符を買った後に売り場の台に置き忘れてしまったようです。子豚の形をした財布には小遣いを貯めたなけなしのお金が入っていました。トルン駅から旧市街まではかなりの距離があります。タクシーを使うことを諦め、ポケットの小銭をジュース代とバスの切符代にあて、ちびトラはほとんど無一文の状態でおばさんの勤務先の大学へと向かいました。

ポズナンから北東におよそ一八〇キロ、ヴィスワ川中流域にあるトルン市は中世の面影を残す美しい街で、一九九七年には旧市街がユネスコ世界文化遺産に登録されました。ドイツ騎士団が築いた城跡が残っていて、街にはドイツ的な趣が漂っています。中世の時代にはヴィスワ川を利用した物流の中心地としても栄え、当時の立派な穀物倉庫が残っています。また、地動説を唱えたミコワイ・コペルニク（コペルニクス）が生まれた地としても有名で、生家は博物館として一般に開放されていますし、アルマおばさんが勤務している大学にはコペルニクの名前がついています。赤色、あるいはさび色に見える建物の屋根、シナモン色やはちみつ色の塔、防壁、穀物倉。旧市街の光景はまるでおとぎ話から飛び出してきたように美しく、ちびトラは体調の悪さを忘れて目をみはりました。

旅の道連れはセネカの本

実はちびトラのトルンへの旅には道連れがいました。道連れとはいっても、人ではなく一冊の本です。前日、パソコンで鉄道の時刻表を調べようと両親の部屋に入った時、ちびトラは母の机の上に一冊の古い本を見つけました。古代ローマのストア哲学者セネカ（紀元前四年頃〜後六五年）が書いた本です。薄い紙で補修された部分があったり、折れ曲がったページがあったりと、何回も何回も読み込まれたことが一目でわかる書物でした。中を覗くと、ところどころ鉛筆で線が引かれ、本文の下には母の筆跡の書き込みもありました。ぱらぱらとめくると、偶然開いたページにも傍線がありました。

心の大きさというのは侵すことができず、内的に緊密で、基本的に一枚岩である。しかも強く、堕落した精神には存在しえないものだと思う。なぜなら堕落した精神は恐怖と不安を引き起こし、破滅をもたらすことはできるが、大きさを持たない。その大きさの支えとなり、力となっているのは思いやりである。

母の愛読書であるセネカの本。これを読めば母が何を考えているかが分かるかもしれません。
ちびトラはこの本を旅の道連れにして往復の車内で読むことにしました。
ちびトラが乗り込んだトルン行き列車のコンパートメントには先客が一人いました。外見は祖父を若くしたような男性で、最初は新聞を熱心に読んでいましたが、読み終えるとちびトラをじろじろと観察し始めました。ちびトラはニュースにもなった列車内の凶悪犯を連想し、どうやって逃げ出そうかと考え始めます。しかし男性が興味を示したのはちびトラが手にしているセネカの本の方でした。男性はそわそわと体を動かして本を覗き見ようとします。それが無理だと分かると、傍線の箇所を声を出して読んでくれないかと申し出ました。凶悪犯ではないことにほっとしたちびトラはしぶしぶとその要求に応じ、読み上げました。

……人は自分から逃げ出すことができたら、何と楽なことだろう。しかし、海の向こうに行ったり、別の街に引っ越すことで果たして本当に解決するのだろうか？　あなたが苦しみから逃げたいのなら、どこかに逃げるのではなく、自らを変えることだ。

十四歳の少女が少女向けの娯楽雑誌ではなくセネカを読んでいることに、男性はたいそう感心し、さらに次の傍線の箇所を読み上げるようにと要求しました。

……我々の平穏は多くの場合、誤った行動に出ないことによって得られる。自らを制御できない者は不安で無秩序な生活を送ることになる。誰かを傷つければ傷つけるほど不安になるし、安穏は得られない。事を起こした後で人は不安になり、混乱に陥る。良心は他のことに従事することを許さず、自らに答えることを絶えず命じる。そして誰もが待ち受けている罰を受ける。罰を受けて当然の行動をした者は誰もがその罰を待ち受ける。

男性はちびトラから本を見せてもらうと、手に取って眺めまわし、扉にサインを見つけ出しました。〝ガブリシャ・ボレイコⅢbクラス〟さらにその下には〝dr hab. ガブリエラ・ストルィバ〟と書いてあります。それが本の持ち主の名前で、少女の母親であると知ると、男性は顔を輝かせました。かつて男性はガブリシャ（ガブリエラの愛称）の所に通い、ラテン語の個人レッスンを受けていたと言います。

ラウラは目を閉じ、坐りなおしました。またまた母親の出現です。怒りが込み上げてきました。母親から離れたくて、自由を得たくて、家から飛び出したというのに、出かけた先でも母親に出会うとは！

アルマ・プィジャクの家へ

旧市街の入り口でバスを降りたちびトラはアルマおばさんの勤める大学に向かって歩き出しました。途中、バスの運転手に教えてもらった道順を間違え、そのおかげでコペルニクス博物館の前に出ました。レンガのファサードにレンガのアーチ、コペルニクスの生家はゴシック様式の立派な建物でした。ちびトラは物理学に興味を持っている姉のルージャとルージャのボーイフレンドに博物館で何かお土産を買ってやりたいと思います。しかしトルンに来たことは秘密であり、お金もありません。ラウラはきっぱりと諦め、大学に向かいました。

ミコワイ・コペルニク大学の守衛は冷淡そのものでした。ちびトラがアルマ・プィジャクに会いたいと申し出ると、プィジャク先生は今日は大学に出ていないという素っ気ない返事が返ってきただけでした。それならば住所を、と尋ねても個人情報を教えることはできないの一点張りで、思うような返事は得られません。ちびトラは学校の身分証明書を取り出し、自分がアルマの姪であることを訴え、ようやく住所を教えてもらいました。

アルマおばさんの家は防壁の上に突き出た八角形のゴシック建築〝顕示台やぐら〟のほぼ真向かいにありました。建物は古く、マントを翻しながら馬で駆け抜けた騎士の姿を今も記憶しているかのような趣が残っていました。呼び鈴を押しました。何度も何度も。しかし、返答はありません。足が萎え、寒気がし、ちびトラは最悪の体調でした。まるでマッチ売りの少女になったような心境でした。通りの先の喫茶店に入り、有り金をはたいて紅茶を飲むと、再度おばさんを訪ねました。しかし、また留守でした。薄暗くなった通りを足の向くまま歩いていると、大きな穀物倉庫の入り口わきに古本屋の看板を見つけました。

薄暗い店内に入り、ちびトラは少しでもお金を得ようと、まずは教科書を引っ張り出して店主に買い取りを願い出ました。店主からは、この店では今一切の買い取りをしていないという返事が返ってきました。ちびトラは次にセネカの本を取り出し、財布を無くしたことを話し、買い取ってもらいたいと懇願しました。店主はその本を手に取り、扉にある〝ガブリシャ・ボレイコⅢｂクラス〟のサインを声に出して読み上げるとすぐに突き返してきました。その時でした。ツイードのコートの袖から大きな手が伸び、自分が買い取ろうと申し出た者がいたのです。声の主はさっきまで棚の前で熱心に本を読んでいた背の低い男性客でした。その時、ちびトラは急に不安になりました。セネカは母の大事な本です。書きこみもしてあります。はたして売ってもいいものだろうか、と思ったのです。そうするうちに彼女は店内の暖気に誘われ、椅子の上で一瞬の睡魔に襲われました。

気がついた時には男性客の姿はなく、店主からセネカの本と二〇ズロチが渡されました。さっきの客からのものだと言って。わたしは物乞いではない、とお金を突き返すちびトラに、あの客は君の家族のことを知っているそうだ、と店主は言い、いつかお金を返してもらいに君の家に行くと言っていた、と付け加えました。

外に出たちびトラは誰かにあとをつけられていると感じながら、再度アルマおばさんの家に向かいました。幸い、今度はおばさんの部屋には明かりが点いていました。

ヤヌシュ・ピィジャクの娘だと名乗るちびトラをおばさんはとにかく家の中に入れてくれました。ところが、その女性はアルマおばさんではなく、おばさんの同僚のオレンカさんでした。おばさんは出張中で、オレンカさんが留守番をしていたのです。ちびトラはオレンカさんから薬をもらい、その薬が効いて、肘掛椅子の上でぐっすりと寝込んでしまいました。気がつくとすでに夜中になっていて、家に電話をかけようとするも、固定電話はなく、オレンカさんの携帯電話は通話料金が高いと言う理由で貸してもらえませんでした。

翌日、出張から戻って来たアルマおばさんの態度は最悪でした。ヤヌシュの娘だとようやく分かってもらったものの、娘がここにやって来たのは母親の差し金で、目的はお金だ、とおばさんは信じて疑いません。さらにちびトラの胸をえぐるような言葉が返ってきました。ヤヌシュには新しい家族がいて、子どももいると。彼らの生活をひっかきまわすな、と。一方、おばさんの同僚のオレンカさんはちびトラに同情し、自宅に連れて行き、その後で駅まで送ってくれることになりました。

オレンカさんの家で鼻炎の薬を飲んだことで、ちびトラは再び睡魔に襲われ、ポズナン行きの最終電車にまた乗り遅れてしまいました。目を覚ますと、オレンカさんはパズル解きに夢中になっています。ちびトラは起きだし、オレンカさんにある事ない事、べらべらとしゃべり始めました。家では義父にいつも怒鳴られていること、母親は自分をかばってくれないこと、祖父以外の家族全てが敵であることを。その直後、ちびトラの胸郭周辺が痛み出し、心臓が締め付けられるように重くなりました。しかし実際にはお腹が痛いわけでも吐き気がするわけでもありませんでした。自分もパズルをしようと、リュックに手を入れた時、セネカの本が手にさわります。開いたページの傍線部分が目に飛び込んできました。

あなたは何ゆえ苦しむ？　深みにはまってしまったのか？　今こそ、あなたは立ち直る時だ。

ちびトラはさっきの虚言を訂正しようと口を開けかけました。が、パズルに夢中のオレンカさんを見て、再び口を閉じます。

心配する家族

ちびトラがトルンに向かう列車の中にいた頃、大学から早めに戻ったガブリシャ、そして体調が少し良くなってきたナタリヤとボレイコ母さんはキッチンでおしゃべりをしながらオビヤト（一日で一番重い食事）の準備をしていました。ちびトラが一人旅に出たなんて考える由もありません。三人の女性たちの話題は〝あの世に行ってから恋しくなるであろう本の主人公たち〟というもので、言いだしっぺはみんなにバービと呼ばれているボレイコ母さんでした。バービもガブリシャもナタリヤも読書好きで、それぞれにお気に入りの主人公がいます。ボレイコ母さんは『ジェーン・エア』のロチェスター氏を、ナタリヤは『嵐が丘』のヒースクリフを、ガブリシャは『人形』のヴォクルスキを挙げました。

話題が〝イケメンについて〟に移ると、ナタリヤは突然、最近まで付き合っていたフィリップを例に出しました。

「たとえば、フィリップ。彼は美男子だと思う?」

バービとガブリシャは驚いて顔を見あわせた。ナタリヤはフィリップと別れて以来、彼を話題にすることを家族に禁じた。禁じなくたって誰も話題にしようなんて思わなかった。

彼女に嫌な思いをさせたくなかったから。そうではなかったのだ。ナタリヤはもう気にしていなかったのだ。

「美男子だったね」バービとガブリシャは同時に答えた。

「それが違うのよね！」ナタリヤは大きな声で答えた。「美しいのは一瞬だけ。ふくれっ面をして口の周りに強情さがにじみ出た途端に美しさは消えてしまうの。その一方で、月並みでぱっとしない顔をしていても、温かい内面の美しさに輝く人たちだっている。そんな彼と一生を……」

「誰のこと？」ガブリシャはナタリヤに目を凝らし、聞いた。

「誰のことって？」

「あなたは誰と一生を共にしたいの？」

ナタリヤはうろたえ、顔を赤くし、具体的な返答を避け、火照った顔を洗うために洗面所へと向かいました。洗面台のコップ脇に〝ママへ〟と書かれたちびトラの封筒を見つけたのはその時でした。

ママへ

今日、帰りが少し遅くなる。十時前ごろになると思う。授業の後で演劇クラブがあり、

それが終わったら友だちの誕生会に行くから。　ラウラより

ガブリシャは次女の手紙を読み上げました。なぜ直接に口頭で告げず、手紙にしたためたのか……胸は不安でいっぱいになります。演劇クラブも誕生会も無いことは明らかです。ボレイコ母さんはすぐに学校に迎えに行き、ちびトラの計画をつぶすようにと進言しました。しかし、ガブリシャはちびトラにいつもいつも命令ばかりすることはしたくないし、彼女の自主性を尊重したかったのです。次女は大人への階段を上っているのですから。しかし、夜十時を過ぎてもちびトラは帰って来ません。ガブリシャの心配は募るばかりでした。

ボーイフレンドとのデートから戻ったルージャもちびトラがまだ帰宅していないことに気づき、不安にかられます。何か手がかりはないかと妹の机の上を探し、ノート式カレンダーの裏表紙と見返しの間に古い写真がはさまっているのを見つけました。両親の結婚写真でした。ルージャの胸に衝撃が走りました。それは物心がついてから初めて実の父親の顔を目にした衝撃であり、これまで父親の顔を知る必要性を感じて来なかったことに対する衝撃でした。そして最近、ボーイフレンドとの付き合いにばかり夢中で、妹とは散歩にも出ていないことにルージャは気がつきました。

真夜中、ひと眠りしたナタリヤは目を覚ましました。そしてすぐに電話が鳴るという予感を覚えて玄関ホールへと急ぎました。固定電話の前に着いた途端に電話のベルが鳴ります。ロブ

ロイェクからでした。

ツイードのコートの男性

ロベルト・ロイェク、通称ロブロイェクは仕事でトルンの問屋に来ていました。彼はウッチ（ポーランドの中央部にある工業都市）で起こした印刷会社を一度はつぶしてしまったものの、協力者と共に再建に成功し、高校生の娘のベラをポズナンに残したまま、ウッチでの仕事に没頭していました。それはナタリヤとの一件を忘れるための処方箋でもありました。一年前、彼女に対する思いを告白しようとしたその日、彼女がフィリップと結婚するつもりでいることを知ったのです。その苦しみを仕事に明け暮れることで忘れようと、彼は今ももがいていました。

ロブロイェクはトルンに来るといつもわずかな時間を見つけては旧市街の隘路を歩き、行きつけの古書店に寄るのが常でした。彼はそこで偶然、親友であり、ナタリヤの姉でもあるガブリシャの次女ラウラを目にしました。何と少女はガブリシャの愛読書を売ろうとしているではありませんか。財布を盗まれたと言います。ロブロイェクはその本を買い取って二〇ズロチを渡しました。しかし本は受け取りません。セネカはガブリシャの大事な本であることを知っていたからです。同時にロブロイェクにとっても思い出の本でした。青春時代、ガブリシャをはじめとする仲間たちと一緒に読み合い、議論を重ねた本だったのです。

ラウラの様子は変でした。心配になったロブロイェクは引き返し、少女のあとをつけます。

少女は古本屋を出ると小走りに通りを急ぎ、アルマ・プィジャクと表札のかかったドアに飛び込みました。ロブロイェクはかつて、ガブリシャとヤヌシュ・プィジャクの結婚式の際、ガブリシャの立会人になりました。その時、ヤヌシュの立会人だったのがヤヌシュの姉のアルマでした。

ロブロイェクはラウラがアルマの部屋に入ったのを確認してから宿泊先に戻り、ボレイコ家に電話を入れました。電話に出たのはナタリヤでした。

ナタリヤの揺れる心

受話器の向こうから懐かしいロブロイェクの声が聞こえ、ナタリヤの背に喜びの戦慄が走りました。ロブロイェクは開口一番、ラウラに出会った、と告げます。その後しばらく沈黙が続き、しばらくしてから彼は、今も両親の家に住んでいるのか、と戸惑い気味にナタリヤに尋ねました。ナタリヤがそうだと答えると、彼は言い淀み、再び口を閉じました。

ナタリヤがフィリップと別れたことを告げようとしたその時、ガブリシャがものすごい勢いで突進してきて、ナタリヤの手からやにわに受話器をもぎ取ってしまいます。ちびトラからの電話と思いこんだのです。ロブロイェクはちびトラを必ず連れ帰るとガブリシャに約束しました。

ガブリシャは無礼を詫びながら、ナタリヤの腕の中で泣き崩れます。少なくともラウラは無事に生きていることがわかりました。それは安堵の涙でもありました。ガブリシャが泣くのはめずらしいことでした。ようやく落ち着くとガブリシャはナタリヤのために熱いお茶をいれ、静かに口を開きます。

「ラウラを産んだ時、わたしは一人ぼっちだった」再び小さな声で話し出した。「他の女性たちには夫がいたけれど、わたしにはいなかった。」ガブリシャは詫びるかのように微笑んだ。「あの時、入院した病院は流刑地みたいに思えたわ。何もなかった。薬も、ガーゼも、包帯も……そして産んだばかりのラウラの小さな顔を見た……」

「かわいかったよね」ナタリヤは思い出して言った。

「……その顔を見たら、世界の全ての悪が消え去ったの。これからは幸せだけが存在するような気がした。わたしとラウラを引き離すものなんて何もないだろうって思った。それが、今は……この始末。わたしたちの間には目に見えない壁が立ちはだかっている。あの子はわたしに我慢がならないのよ」

「わたしはそんなに悪い状況ではないと思う」ナタリヤは姉の両手を握りしめ、急いで言った。

「そうね、でも、とても辛いの」

「おや！　姉さんはわたしに子どもを持ちなさいって、勧めたよね」ナタリヤは冗談を言った。

「子どもを育てるのが簡単だとは言わなかったでしょ!?」ガブリシャは顔を上げた。「あなたはしかるべき人生を受け入れなくちゃ。良いも悪いもね。それが辛いかどうかは重要じゃない。そういうことではないの。大事なのは物事の本質」

「どういうこと?……」ナタリヤは知りたかった。

「愛情があるかどうかと言うことよ」ガブリシャは答えた。


ところがこの姉妹はロブロイェクから大事なことを聞き出すのを忘れてしまいます。つまり、ちびトラが今どこにいるのか、何をしているか、ということを。

ロブロイェクの車で我が家へ

翌日、ロブロイェクはアルマの同僚であるオレンカさんの家でラウラに再会しました。すでに夜の十時を回っていました。その前に彼はアルマの家を訪ねたのですが、ラウラはすでに出た後でした。アルマの態度は傲慢そのもので、ロブロイェクはまるでゴミ屑のように追い返されてしまいました。ラウラの所在を教えてくれたのは一部始終を見聞きしていた隣の部屋の男性でした。男性はオレンカさんの家までのナビゲーター役を買って出ると、道すがらずっとロブロイェクに話しかけ続けました。アルマの弟ヤヌシュ、つまりラウラとルージャの実の父親は車を密輸した罪で刑務所に入っていたことも話してくれました。一九八三年のことだと言います。つまりラウラが生まれる前年のことです。

ラウラはロブロイェクを目にすると驚きながらも笑顔を向けました。ロブロイェクが古本屋ですでに出会ったことを話すと、彼女はロブロイェクのツイードのコートの袖をしげしげと見つめ、大きくうなずきました。セネカの本にお金を払ってくれたのはロブロイェクさんだったのです。車でポズナンまで送って行くとの彼の申し出をラウラは喜んで受け入れました。

車に乗ると、ロブロイェクはガブリシャに電話を入れ、これから戻ると告げました。ラウラにも出るようにすすめましたが、ラウラは首を横に振ります。ロブロイェクは電源を切ると、持っているようにと携帯電話をラウラに渡し、発車しました。

ロブロイェクは無言のまま運転に集中しました。車はトルンの街並み、郊外を抜け、ポズナンに向かう幹線道路に入りました。ロブロイェクは頑なに沈黙を続け、ラウラが小話を披露しようとしても、全く関心を示しませんでした。ガソリンスタンドに入った時に、彼はようやく口を開き、必要ならトイレに行くようにと言いました。さらにポテトチップスかキャンデーはいらないかとも聞きました。ラウラはふくれっ面をして断ります。ロブロイェクはまじまじとラウラを見つめました。

「機嫌、悪い?」ロブロイェクは確認するような、質問するような口調で言った。

「わたし？　まさか」ラウラは答えた。

「気分は悪くない？」

「悪くない」

「変だな」ロベルト・ロイェクはそう言うと、エンジンをかけ、ガソリンスタンドから幹線道路へとゆっくり車を出した。やがてスピードを上げて二台の大型ロシア車を追い越した。彼の口調はラウラを不安にさせた。非難が込められているように感じた。

「どうしてわたしは気分が悪くならなければならないの？」ラウラは突っかかった。

「だって、悪いことをしただろ」ロブロイェクは苦々しく答えた。

「わたしが？　わたしが？　悪いことをした？」ラウラはうろたえた。

「そうだ」ロブロイェクは短く答え、スピードをさらに上げた。車はイノヴロツワフと書かれた標識のわきを抜け、グニェズノへ向かう幹線道路を走った。

あっ！　わかった！　お金のことだ。ラウラは思い当った。ロブロイェクから受け取った二〇ズロチをリュックに入れたままだ。彼はそれを問題にしているのだ。ラウラはリュックのポケットから紙幣を取り出し、運転席わきの棚の上に黙っておいた。

ロブロイェクはそれに目を向けることはなかった。

ロブロイェクは再び岩のように黙りこくり、運転に集中しています。ラウラはいらいらしました。彼の頑丈な体から非難の光が発散しているように感じました。

「わたしって、どんな悪いことをしたっていうの?」耐えられずにラウラは聞いた。返事はない。ロブロイェクの上着を軽く引っ張った。「ねえ、どんなこと!?」

ロブロイェクは黙って頭を振った。車は暗闇の幹線道路を矢のごとくにまっすぐ走っている。遠く右方向では村の明かりが数珠のように点々とゆっくりよぎった。

「トルンにでかけたこと?」ラウラは続けた。「それのどこが悪いの? 誰にだって出かける権利はあるでしょ。自分の貯金で出かけたんだよ。それに帰りが遅くなるって、わたし、ちゃんと手紙を残したもの。心配する必要なんかなかったんだから」

「あったよ」ロブロイェクはつぶやくように答え、速度を落とした。村名の標識が現れ、食料品店の看板と明かりの点いた新聞を売るキオスクが見えた。

「本当は時間通りに帰りたかった」ラウラは守りの姿勢で続けた。「午後六時四十七分の電車に乗りたかった。そうしたら約束通り十時前には家に着いたはずだから。用事を済ませて、戻れるはずだった。それが……寝込んでしまって。インフルエンザのせいで。熱があったから……今もまだあるかも……」

温かくがっしりとした手がラウラの額に触れ、袖のざらついた布地が鼻を覆った。かすかにオーデコロンの匂いがした。

「熱はない」ロブロイェクは断言し、手を引いた。

ラウラの目が突然ちくちくした。ぎりぎりまで我慢したものの、頬に大きな涙の粒がこぼれた。

「パパのこと、知りたかったんだもの」震える声でラウラは言った。「誰もパパのことを話してくれないから」

「それで？」ロブロイェクはラウラをちらっと見た。「何かわかった？」

「うん」ラウラはしゃくりあげた。「アルマおばさんは鬼婆みたいな人だった。パパには家族がいるって言った。新しい家族が」

ロブロイェクはスピードを緩めた。

「君のママはそのことを知らないよ」ロブロイェクはきつい口調で言った。「他の家族も誰も知らない。君のパパからは何の知らせもないからね。何年間も」

「それって、家族の罪？　それともパパの罪？」ラウラは急いで質問した。返事はなく、ロブロイェクは再び前を見て、運転に集中していた。反対車線からトラックのライトが近づき、鈍い唸り声をあげて過ぎ去った。続いてその後ろから小型の普通車がガタガタと現れた。

「罪って、どんな罪のことかな？」ロブロイェクが突然、また話し出した。「屈辱。苦痛。何によってそういうものを計るんだい？　人はいろんなやり方でお互いを傷つけあっている。他人の罪よりも自分の罪を考えることだ。そうしなければ、絶えず罪から逃げることになる。君のパパが逃げたように。人は恥ずかしいから逃げる。恥ずかしく思うのは、どうあるべきだったかを良くわかっているからだ」まるでスイッチを切ったようにロブロイェクはまた黙りこくり、フロントガラスを見つめた。登り坂の向こうから二つの光の束がどっと押し寄せて来た。まるで地中から現れたかのように大きな車が飛び出し、下向きのライトに切り替わった。

ラウラは口を閉じたまま、身じろぎもしなかった。

車は予想よりも早くポズナン市イェジッツェ町ルーズヴェルト通り5番地の我が家の前に到着しました。ところがラウラはなかなか降りようとしません。後になって恥ずかしくなるようなことは家族に話さない方がいい、とロブロイェクは助言し、ラウラにリュックを渡しました。ラウラはお礼を言うと、我が家へと走りました。通りに面したナタリヤの部屋に電気が点き、バルコニーにラウラが現れてロブロイェクに手を振りました。彼はじっと立ち尽くしています。

ちびトラの周りに家族が集まってきました。叱責の雨霰が降るのは時間の問題でした。その時ちびトラはロブロイェクの携帯電話を手に持ったままであることに気がつき、ナタリヤの部屋の散らかったテーブル上にいったん置きました。その携帯電話を車のわきにまだ立っているロブロイェクに返しに走ったのは機転のきくルージャでした。

ちびトラは、パパの情報を求めてトルンへ行ったこと、熱を出して予定通りに帰れなくなったことを家族に話しました。母親は蒼くなっています。そんな母の姿を見たのは初めてでした。ちびトラはリュックからセネカの本を取り出し、母の前に出しました。その時、本人にとっても予想外の言葉がちびトラの口から飛び出します。

「ママ、ごめんなさい。ごめんなさい。わたし、悪いことをした」

ちびトラと一緒にトルンまで行き、戻ってきたセネカの本。この本こそガブリシャの化身そのもので、反抗期のわが娘に寄り添い、導いていたのでした。

ナタリヤの告白

翌朝、ナタリヤは自分の携帯電話とロブロイェクのそれとが入れ替わっていることに気がつきました。どちらも同じ機種で、確かに見た目では判別しづらいものでした。昨夜、テーブルの上から携帯電話を取り、ロブロイェクの所に返しに走ったのはルージャでした。ナタリヤはルージャに問いただします。あいまいな返事が返ってくるばかりでしたが、ルージャが意図的に取り違えたことは間違いありません。ルージャはナタリヤおばさんのためにロブロイェクとの再会のチャンスを作ろうとしたのです。

ナタリヤはロブロイェクが宿泊しているベラ（ロブロイェクの娘）の下宿先へと向かいました。ところが、ナタリヤが到着する直前にロブロイェクは車を出し、ウッチへと向かってしまいました。それからのナタリヤの行動に迷いはありません。ベラが部屋を借りているコヴァリク家の一階は花屋になっています。ナタリヤは店先に停車していた小型トラックの運転席に飛び乗ると、ロブロイェクの車を追いました。無免許であることなんか頭にありません。彼の車に追いつくことしか考えていませんでした。途中、ロブロイェクに電話を入れ、携帯電話が取り違えられていることを知らせました。

覆面パトカーにつかまるのは時間の問題でした。速度オーバーだったのですから。そして無免許であることもすぐにばれました。Uターンして戻って来たロブロイェクはナタリヤに質問を浴びせている二人の警官の後ろに立ちました。

ナタリヤは警官の意地悪な質問に果敢に答えています。

「急いでた！」黒い髪の警官は怒りを露わにし、皮肉を言った。「どこにお急ぎだったんでしょうかね？　列車にですか？　それとも分娩室にでしょうか？」

「ある人を追ってました」ナタリヤは顔をきっと上げて答えた。

「〝ある人を追ってました！〟だとさ」権力の代表者は意地悪くナタリヤの真似をした。

「彼が行ってしまう前に大事なことを伝えたかったのです」

「交通規則違反をしてまで伝えたい大事なことって、何でしょうか⁉」法と秩序の代表者はわずかに口調を和らげた。

「彼に伝えたかったのです」感情の高まりで体を震わせながらナタリヤは答えた。「愛していると」彼女はまっすぐロブロイェクの顔を見つめた。そして彼の反応を確かめた途端、目に涙をあふれさせた。「わたしが愚かだったこと、何も分かっていなかったことを伝えたかったのです、彼は物静かで、控えめで、自分の意志を押し付けようとはしませんでした。わたしが大人になるのを待っていてくれました。だから、わたしは伝えたかったのです……大人になったと。少し遅いけれど、わたしは確実に大人になったと」

署まで来てもらうと言う警官。その時ロブロイェクは警官を押しのけ、ナタリヤの前に立ちました。そしてナタリヤの手を取り、二人の警官の前で宣言しました。命ある限り永遠にナタリヤと一緒である、と。

遠回りをしながらもようやく大人になったことをナタリヤは自覚します。

その一方でちびトラの自己確認の旅は始まったばかりで、これからが本番です。しかし周囲に温かいまなざしがある限り、厳しくてもしっかりとした支えがある限り、たとえ遅くなってもいつかは自分の真の姿を見出し、周囲の愛情を素直に受け止めることができるようになるでしょう。セネカの言葉〝心の大きさ〟を理解することができるようになるでしょう。

アニェラ、クレスカ、エルカ、アウレリア、ナタリヤ、ベラ、ラウラの七人の少女がどのようにして大人への階段を上っているかを追ってきました。この多様で複雑な社会において〝大人になるってどういうこと？〟に対する答えは一つだけではありません。ただ、確かなことは、〝自分の非を自ら認めることが出来るようになること〟ではないでしょうか。そして彼女たちの周囲には、そのひとりひとりに温かい目を注ぐことの出来る、信頼に足る本当の大人がいなければなりません。大人になったと思われてからも、さらに真の大人への階段を上り続けなければなりません。

イエジッツィアーダ（イェジッツェ物語シリーズ）はポーランドでは世代から世代へと読み継がれています。

終章 『イェジッツィアーダ』文学散歩

今も昔も変わらぬ風景、変わりゆく風景

『イェジッツィアーダ』は一九七七年から今までずっと続いているシリーズなので、そこに描かれる風景の移り変わりを思い描くのも楽しみの一つです。例えば今から四十年以上も前、一九七七年が舞台となっている『嘘つき娘』には、こんな一節が出てきます。

フレドロ通りからテアトラルカにかけては急勾配の草地が続いていて、冬になるとポズナンで最も人気を誇る橇の滑降コースになる。所々芝が擦り切れた緑地帯には砂場とベンチが置かれ、鮮やかな葉を茂らせた大きな栗の木々に囲まれている。

私が初めてポズナンで冬を迎えた二〇〇一年十二月のある日、大雪が降りました。それから数日間は大人も子どもも一緒になってその滑降コースで橇遊びを楽しむ人で賑わっていました。

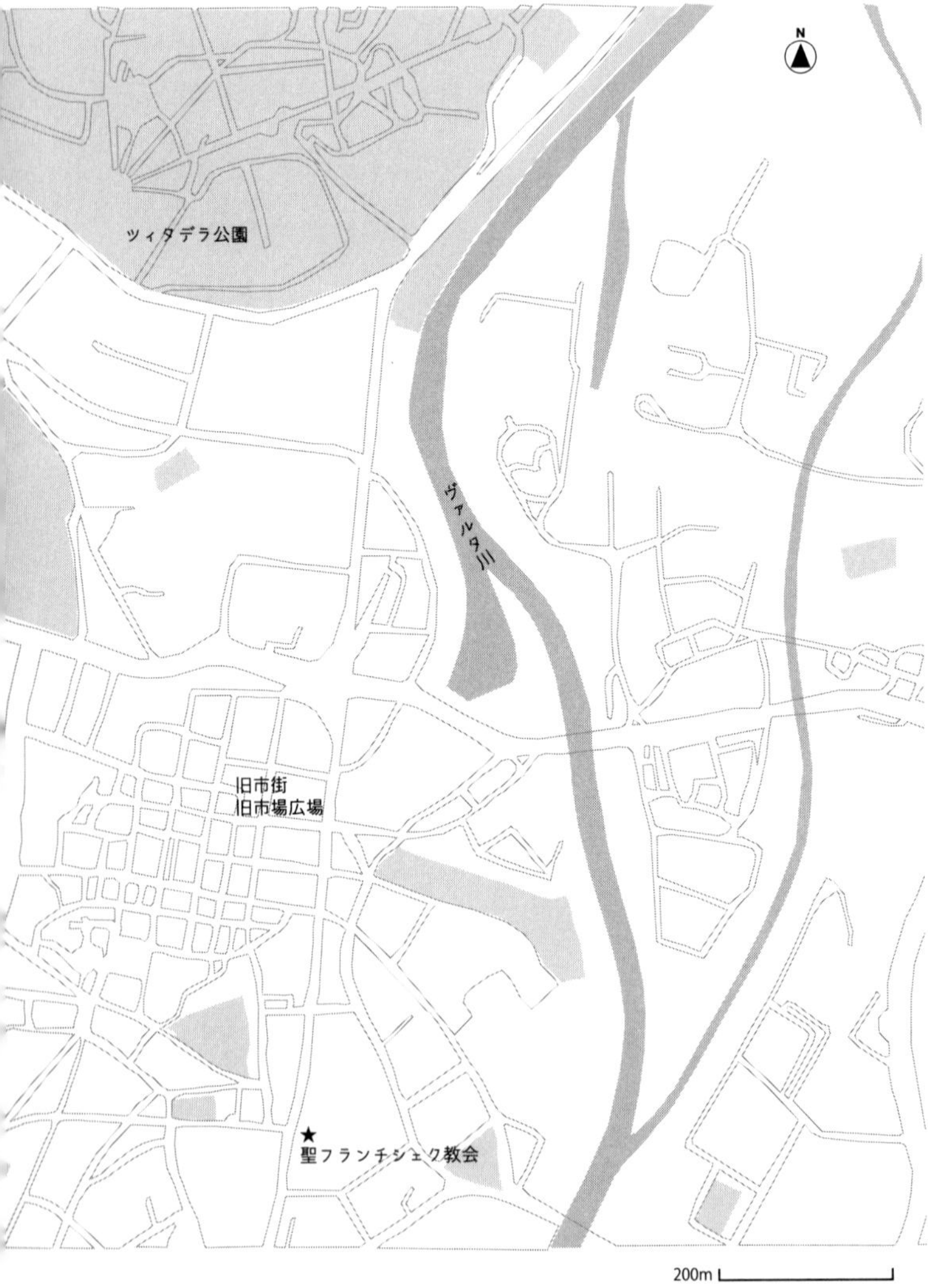
N
ツィタデラ公園
ヴァルタ川
旧市街
旧市場広場
★
聖フランチシェク教会
200m

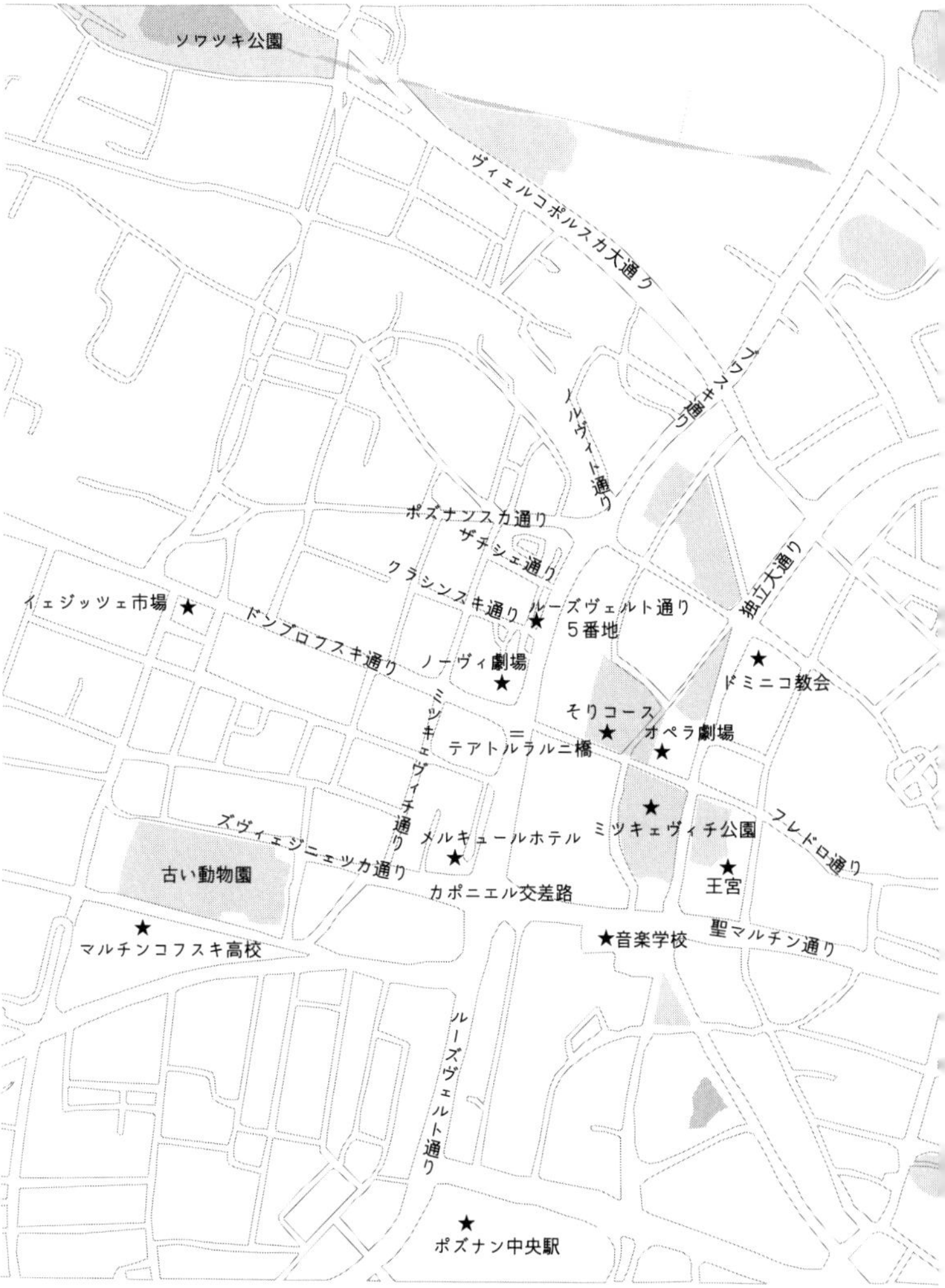
ソワツキ公園
ヴィェルコポルスカ大通り
ブワスキ通り
ソルヴィット通り
ポズナンスカ通り
ザチシェ通り
クラシンスキ通り
ルーズヴェルト通り
5番地
独立大通り
イェジッツェ市場
ドンブロフスキ通り
ノーヴィ劇場
ドミニコ教会
そりコース
オペラ劇場
テアトルラルニ橋
ミツキェヴィチ通り
ミツキェヴィチ公園
フレドロ通り
ズヴィェジニェツカ通り
メルキュールホテル
古い動物園
王宮
カポニエル交差路
マルチンコフスキ高校
音楽学校
聖マルチン通り
ルーズヴェルト通り
ポズナン中央駅

橇遊び用に造られた斜面ではないかと思うほどでした。ここ数年、ポズナンでは比較的暖かい冬が多く、雪もあまり降らなくなってしまいましたが、少しでも雪が降るとやはりそこには今でもたくさんの子どもたちが集まってきます。

その「橇コース」のすぐそばにあるオペラ劇場（Teatr Wielki）も変わらない風景の一つです。『イェジッツィアーダ』の中ではどのように紹介されているでしょうか。前述の『嘘つき娘』（一九七九年）では「オペラ劇場は屋根の上に緑青でおおわれたペガサスをのせ、神々しいほどに立派な建物だった」と書かれています。『クレスカ15歳 冬の終わりに』（一九八六年）では、正面玄関の様子が見られます。「両側に大きな石像がある。ひとつは雌ライオンのわきに立つ腰布を巻いたタイタン風の半裸男像。もうひとつは雄ライオンの上にすわる灰色の全裸女像」と描写されているこれらの石像は、今日まで威

屋根の上のペガサスと入口の両側に立つ二つの石像は、
ポズナンにあるオペラ劇場のシンボルといえるでしょう

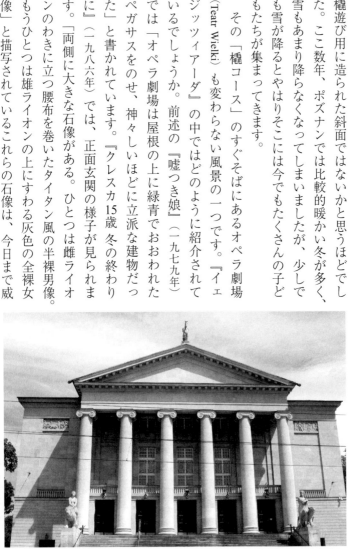

ノーヴィ劇場では大女優になったアニェラが今にも出迎えてくれそうです

厳をもってその場に佇み、オペラやバレエを見に来るお客様を迎えてくれます。

演劇好きで将来は舞台女優になりたいと夢見るアニェラが「ワルシャワから客演としてやってきたザパシェヴィチ（という俳優）の出し物」を観に行ったというノーヴィ劇場（Teatr Nowy）も忘れてはいけません。こちらはオペラ劇場とは違い詳しい描写は出てきませんが、本文から察するに、場所は今と変わらず、建物も改装工事くらいで昔とほぼ変わらぬ姿を今も見せていると思われます。

両劇場のそばには世界中で展開されているメルキュールホテルがあります。物語によく登場するルーズヴェルト通りにあるこのホテルは、かつてはポーランドの国営旅行会社オルビス（Orbis）の経営で名前もホテル・メルクリつまり「水星ホテル」（Hotel Merkury）というポーランド語の名称がついていました。民主化以降メルキュールホテルのグループ傘下に入り、今はHotel Mercure Poznańという英語名のホテルになっていますが、外観は昔とはほとんど変わっていません。アニェラがパヴェウと待ち合わせをした喫茶室では、ポズナン名物「聖マルチンのロガル（Rogal świętomarciński）」というけしの実ペースト入りの大きなクロワッサンを食べることができます。

市場はポーランドの風景に欠かせません。『イェジッツィアーダ』に登場する市場はイェジッツェ市場で、シリーズ中にもその描写がよく出てきます。例えば『嘘つき娘』に出て来る一九七七年の市場の様子は次のように書かれています。

市場には色々な屋台が出ていた。まだ熟しきらないリンゴの山、キンセンカとグラジオラスをつめこんだ桶、泥つき人参と瓶詰め西洋わさびの山。酢漬けキャベツに酢漬けキュウリの樽。ジャガイモとカリフラワーを求める客の列。通路に群がる苛立った

イェジッツェ市場の花屋には、冬でもきれいな花が所狭しと並べられています

クリスマスの季節にはかわいらしい"ミニツリー"も見られます

騒々しい人々。子どものキーキー声。女物売りがわめく声。トラックのエンジン音。カーブを曲がる路面電車のブレーキ音。人ごみを巧みに交わして進む自動車が吐き出す大量の排気ガス。これら全てをおおう雲の空。周囲には頑丈な十九世紀の石造りアパート。

こちらも四十年以上前の描写でありながら、その市場の様子は現代に置き換えても驚くほど全く変わってはいません。『嘘つき娘』の中には、「教師の日（十月十四日）」で感謝の花束を買う人でにぎわっている様子も出てきますが、この習慣は今も続いており、教師の日に限らずここでは多くの人が絶えず花を買っていきます。私が気に入っているのは、一輪の花をプレゼントするという習慣です。手に抱えきれないほどの花束の贈り物も素敵ですが、デートの待ち合わせ場所に一輪のバラを持って現れる男性を見ると、とてもスマートでロマンチックに見えるのです。アニェラが故郷のウェバに住む父親に電報を打った市場の角の郵便局は、今も変わらず同じ場所にあり、多くの人に利用されています。

『金曜日うまれの子』（一九九三年）で用務員のヤンコーヴィャク氏が住んでいるポズナンスカ通り（ul. Poznańska）とその通りにある「赤レンガの古いラシェヤ病院」は今も当時と同じようにあります。病院というと広い敷地に大きな病院の建物と駐車場、というイメージがありますが、このラシェヤ病院は周りのアパートなどの建物の中に溶け込んでいる感じがして、院名が記された大きな青い看板がなければ病院だと気がつかずに通り過ぎてしまいそうです。

ところで、本シリーズはヤングアダルト文学であるだけに、様々な学校が出てきます。『嘘つき娘』でウェバ出身のアニェラは、一目惚れしたパヴェウの住むポズナンへ行く口実として、「ポズナンでしか勉強できない」という理由で印刷高等学校を選びます。学校の描写を見てみましょう。

　学校はヴィルダと呼ばれるぱっとしない地区のルジャナ通りにあった。それは緑色の植物など一切ない陰気な通りだった。そこを出たところには確かに芝生と低木におおわれたかなり広い土手があるにはあった。しかしながらマルフレフスキ通りを駆け抜ける乗用車の列、耳をつんざくようにベルを鳴らす路面電車、けたたましく走るトラックにトラクター、渦巻く排気ガスと粉塵、それらを目の当りにし、また遠く、〝ポズナン建設事業所二号〟と書かれた看板の上に突き出て見える〝ポズナン〟ホテルを眺めると、土手の緑など地獄への滑稽な添え物であって、都会人の疲れた神経を癒すどころか、自然との隔離という哀しい印象を深めてしまうばかりだった。

学校の建物はこのわびしい地区にある他の建物同様に灰色をしていて、赤い掲示板および驚くほど大きな鉄製ノブつきのドアフレームを備え付けていた。生徒たちはジェルジンスキ通りへと上り、ぞろぞろと列をなして学校に向っていた。

この印刷高等学校、どこかで聞いたことのある名前だと思っていたら、夫の出身校でした！夫が通っていたのは一九九〇年代だったので、『嘘つき娘』の舞台である一九七七年とは少々違っているかとは思いましたが、この描写を読んで聞かせてみたところ、ほぼ同じような思い出があることが分かりました。夫が通っていたのは女子の多い書籍クラスで、男子の多いアニエラの印刷クラスとは雰囲気は違うようでした。ちなみに夫の頃は、印刷クラスに女子は一人もいなかったとか……。結婚してすぐの二〇〇二年頃に、私もこの夫の母校の前まで行ってみたことがありましたが、「陰気な通り」、「わびしい地区」という表現は的を得ていると思いました。この学校はその後移転し、専門科目も印刷の勉強はデジタル印刷について、他の専門はマルチメディアや写真、広告というように時代を反映して随分変わってしまったようです。残念なのは、夫が通っていた書籍クラスがなくなってしまったことです。こちらは読書数が減っている現状を露わにしているように思われます。

ボレイコ家の四姉妹（ガブリシャ、イーダ、ナタリヤ、パトリツィヤ）が通い、ガブリシャの長女であるルージャも通い、『クレスカ15歳 冬の終わりに』で主人公のクレスカとその恋のお相手（そして未来の夫）マチェクが通い、『金曜日うまれの子』の主人公のアウレリアのお母さんであるエヴァが教師を務め、アウレリア自身も通っていたというジェロムスキ高等学校はどうでしょうか。実はこのような名前の高校はポズナンには存在しません。しかし、ジェロムスキ通り（ul. Żeromskiego）にはドンブルフカ高等学校があり、本シリーズの作者であるムシェロヴィチが卒業しています。この高校に関しては、作者は自分の母校をイメージしながら、「フィクション」として別の名前をつけたのでしょうか。

ジェロムスキ高等学校は『クレスカ15歳 冬の終わりに』の中では次のように描写されています。


古いリツェウムの建物。どんな音も消してしまう厚いレンガの壁。奥深くはめ込まれた高い窓。クレスカにはこのドイツ式の建物が好きになれなかった。窓から入ってくるのは天候とは無関係の死んだ光。間のびした音と共に閉まる大きな扉は刑務所を連想させ、調子を狂わせた。

新しい駅舎が建設された2012年当時のポズナン中央駅。
奥に見えるのがの古い駅舎で左手前が新しい駅舎です

『金曜日うまれの子』ではそれから十年後の同じ高校のホールのようすが描かれています。

ホールで（この学校に最初に足を踏み入れた時から、彼はこのゴシック調の丸天井と重いドアのついた白っぽい壁のホールが気に入った）変わった女の子に出会った。

こういった描写を見たポーランドの根強い『イェジッツィアーダ』ファンの間では、ブコフスカ通り（ul. Bukowska）にあるマルチンコフスキ高等学校そっくりだとささやかれているようですが、真相のほどはいかに。

バルト海沿岸の町ウェバ（Łeba）からはるばるやって来た『嘘つき娘』のアニェラが降り立った駅、ポズナン中央駅は変わってしまった風景の代表といえるかもしれません。駅舎は長いことアニェラが見たのと同じ佇まいを残していたのですが、サッカー欧州選手権EURO2012

のポーランド・ウクライナ共催が決まり、ポズナンもその開催地の一つに選ばれたことがきっかけで、古い駅舎を残したまま、その脇に新しい駅舎が建設されることとなりました。現在、古い駅舎は既に閉鎖されていますが、外観から当時のアニェラの気持ちを想像することができます。『嘘つき娘』の世界から十七年後の一九九四年、『ナタリヤといらいら男』ではボレイコ家の三女ナタリヤが、このポズナン中央駅からアニェラの住むウェバに向けて出発します。夏の初めで、ナタリヤが二人の姪っ子と乗る予定の列車はバルト海沿岸の「三つ子の町」として有名なグダンスク、ソポト、グディニャへ向かうだけあって、プラットホームは旅行客でごった返していました。駅舎は新しくなっても、ホームがきれいに改装されても、このような光景は今でも見られ、特にナタリヤたちが出発した六月の終わりのような夏休みの初めは子ども連れの家族で大賑わいです。

私たち一家はポズナンに住んでいますが、夫はグダンスク大学に勤務しているため、夫だけでなく私や娘もよく一緒にポズナンとグダンスクを行き来しています。オフシーズンの冬にも滞在したことがありますが、夏の賑わいが嘘のようにしんとしていて、それでいながら人気のない浜辺を散歩するのが意外と楽しいのです。犬がいればなおさらです。二〇一一年の冬、グダンスクに滞在していた私たちは愛犬（コリー）のチラと浜辺を散歩するのが大好きでした。真冬でとても寒い日には浜辺にも霜が降りて、歩くとシャリシャリ音がするのが面白く、チラも足の冷たいのも忘れて元気に歩いていたのを昨日のことのように思い出します。

秋のテアトラルニ橋。奥に見えるドーム屋根の建物は、
アダム・ミツキェヴィチ大学ポーランド学部の建物です

行き交う鉄道を眺めることのできるテアトラルニ橋は、昔も今もあまり変わってはいないのではないでしょうか。一九九九年、『ちびトラとルージャ』では、ボレイコ家の長女ガブリシャの娘で、十四歳になったちびトラことラウラが、その橋の上から列車を眺めるのが好きだったといっています。我が家の娘も好きで、ここを通りかかると必ず足を止めて列車が通るのを待ったものでした。今でも橋の上ではよく親子連れが立ち止まり、幼い子どもたちが飽きずに列車を眺めたり、手を振ったりしている光景を見かけます。

『イェジッツィアーダ』に見られるクリスマスの風景

『イェジッツィアーダ』の舞台になっているポーランドはカトリックの国です。神道や仏教を中心に育まれた文化を持つ日本とは異なり、そこここにキリスト教文化が根付いている国です。そんな文化を象徴するのはやはりクリスマスでしょう。「家族愛」をテーマにしている

本作品群らしく、家族、親戚が集まる大切な機会となっているクリスマスの風景は、様々な作品にみられます。ここではクリスマスをテーマに文学散歩を楽しんでみましょう。

『クレスカ15歳 冬の終わりに』の最初のページで早くも読者の好奇心はうずくはずです。ドミニコ教会、という日本人にとっては神秘的な空間に加え、「教会で見たばかりの黒いショプカ」というのがどのようなものかが気になるはずです。もっとも「ショプカ」という言葉のところには、「キリスト降誕の馬小屋の模型」と但し書きがあるので、想像はできるかもしれません。でも私にはそれが気になってたまりませんでした。クリスマスイブの一日が舞台となっている『ノエルカ』の中でもボレイコ家の長女ガブリシャの小さな娘たちが、ドミニコ教会の前を通りかかったときにショプカが見たいと騒いでいました。ショプカはポーランドの子どもたちにとっ

ヨーロッパ最大といわれる聖フランチシェク教会のショプカ。
写真に入り切れていない両側には仕掛けで動く人形が回っています

旧市街近くの広場で毎年開かれる“ポズナンのベツレヘム”という
クリスマスマーケットで見られるショプカ

ても楽しみなもののようです。ポーランドで迎えた初めての冬にそのショプカを見たときの感動といったら！　作り物ではなく、本物の動物を交えて作ったものだったのですから、それは迫力がありました。ロバやヒツジが所せましと小屋の中を歩き回り、行きかう人たちに愛想をふりまく様子は大変愛らしいものでした。

それから十五年以上、ポズナン市内の教会で小さいものから大きいものまで、様々なショプカを見てきました。中でも旧市街のガルバリ通り（ul. Garbary）にある聖フランチシェク教会のショプカは仕掛けがついて動くタイプのもので、その大きさはヨーロッパ最大だとか。そのためポーランド各地だけでなく、世界各地から見物に訪れる人が後を絶ちません。クリスマスの季節にポズナンを訪れることがあれば、必見です。

『嘘つき娘』では今と似ているようで少々違ったク

リスマス前の市場の様子が描写されています。

イェジッツェ市場には闇値でツリーやケシの実を売る違法の物売りが現れ、商店にはあらゆる品物を求めて長い行列が目立つようになった。高級ブティックのショーウインドーにはダンスパーティー用の衣装とバルーンが飾られ、大晦日が近いことをもアピールしていた。

その一方で、今と変わらぬ風景も垣間見られます。

ロウソクの炎が揺れているツリー、カラフルな飾りや食べ物が並ぶテーブル、プレゼントのおもちゃに夢中の子どもたち。(中略)アニェラがもらったプレゼント。アニェラがみんなに渡したプレゼント。窓ガラスの向こうは凍てつくように寒く、空には星が瞬いている。街はいつもと違ってひっそりと静かだ。大勢の人たちが我が家のツリーの傍らで過ごしていることだろう。そしてなによりもいつもと違っていること、それはクリスマスの夜

通りかかった教会の脇で見かけたショプカ

は、誰もがお互いにお互いを好きになることだ。

クリスマスの魔法は今も昔も変わってはいません。そしてこの先もずっと変わらずにいて欲しいと願わずにはいられません。

クリスマスといえば気になるのが、やはりその食卓でしょう。邦訳されている七作中、ずばりクリスマスの日が舞台となっているのが、『ノエルカ』です。物語にはクリスマスイブである十二月二十四日の一日の出来事が描かれています。ポーランドでは家族で厳かに頂くイブの晩餐が大切な行事です。日本で年末に大掃除やたくさんの買い物をしてせっせとお正月の支度をするように、ポーランドではイブの一週間以上前から準備を始めるのです。『ノエルカ』でまず最初に登場するのが「マコーヴィェツ」という名のケシの実入りのケーキです。このケーキは、私がまだ大学一年生だったころ、学園祭「外語祭」の催し物のひとつ「語科料理店」で用意することが決まった料理で、名前を聞いただけではどんなものか想像できなかったものです。簡単にいえば、ケシの実のペーストが中心部に入っているロールケーキでしょうか。ケシの実のプチプチ感がたまらない、私のお気に入りのケーキの一つです。

次に登場するのが「キャベツ入りのピェロギ」。こちらは本文中に「ぎょうざに似たポーランド料理」という注釈がついている通り、まさに「ポーランドのぎょうざ」といっても過言ではありません。ただ、皮が日本のものに比べて厚く、もちもちしています。日本では餃子の皮がスーパーで簡単に手に入るので、餃子を皮から作る家庭は少ないように思われますが、ポーランドではそういった皮は売られておらず、今でも丁寧に生地を練ってピェロギ作りをする家庭が多いようです。物語に登場するツィリル（ツィリイェク）おじさんのピェロギ作りに専念している様子が挿絵にも見られます。その前にはピェルニクという蜂蜜ケーキまで作ってしまったようですからすごいですね。ちなみにピェルニク（piernik）というケーキは、茶色いケーキで、蜂蜜のほかにジンジャーやシナモンの香りがたまらないケーキです。

話はピェロギに戻りますが、その中身は日本のようにひき肉が入っているものもありますが、他にもこの物語に登場するキャベツ入り（正確にはサワーキャベツとキノコが入っているもの）、カッテージチーズ入りのもの、マッシュポテト入りのもの、さらにはイチゴやブルーベリーといった果物入りの甘いピェ

キャベツとキノコが入ったピェロギ。バターで炒めたパン粉やタマネギをかけて頂くと美味です

ポーランドの家庭料理ビゴス。ソーセージのつけあわせとして頂くとよく合います

ロギまでたくさんの種類があります。最近はあちこちに「ピェロガルニャ（pierogarnia）」というピェロギ専門レストランが見られるので、立ち寄ってみるのもいいかもしれません。またスーパーでは、ゆでるだけという出来合いのピェロギも売られています。

続いて登場するのは「ビゴス」です。サワーキャベツとキノコに、牛肉や豚肉、ソーセージを加えてじっくり煮込んだお料理で、ポーランドの寒い冬には欠かせない一品です。こちらはカレーのように、煮込めば煮込んだだけ味が深まり、一日目より二日目、三日目と繰り返し火にかけられた方がおいしくなります。また、各地域、各家庭によって味が違うのも特徴です。日本のお正月には欠かせないお雑煮の味が各地で違うのと似ているように思われます。例えば我が家では、義母から教わったトマトベースのビゴスを作っていますが、トマトを入れない家庭もあるようです。『ノエルカ』の中で主人公エルカ

の祖父メトディは、兄のツィリイェクが火にかけた「キャベツとキノコの単純な構成の煮物にこっそりと小さなグラス一杯の赤ワインとオリーブの葉、ひとつかみの干しハタンキョウの実」を加えます。その上、カレー粉に醤油まで入れてしまったので、ツィリイェクからは「それじゃ中華風キャベツ煮込みだ」と言われてしまいます。私はビゴスにカレー粉や醤油を加えたことはありませんが、どんな味になるのか興味深いところです。ポーランドではこういった東洋の調味料は人気があり、醤油も、私がポーランドに住み始めた二〇〇二年と比べると、随分安く手に入るようになりました。同じく『ノエルカ』に登場するレヴァンドフスカ夫人はショウガを入れているようです。『嘘つき娘』でアニェラがお世話になっているトーシャは「グラス一杯の赤ワインと干した梨が加えられたビゴス」を作っていました。同じポズナン市内でも入れる調味料が違ってくるというのが面白いところです。大鍋にたくさん作ったビゴスは、小分けにしたものを冷凍庫に保存し、後日別に食べることができるのも主婦には嬉しい料理です。

赤ビーツを使った真っ赤なスープ、バルシチもクリスマスには欠かせません。『イェジッツイアーダ』の三作品目から一貫して登場する、シリーズの要ともいえるボレイコ家でも、「母さん」がせっせとバルシチを作っている様子が描かれています。バルシチはスープだけでもおいしいのですが、クリスマスには「ウーシュコ」と呼ばれるキャベツとキノコ入りの小さなピエロギのような食べ物を浮かべて頂きます。ウーシュコは前述のピェロギ同様手作りされるこ

ウーシュコの入った赤バルシチ

とが多いもので、ボレイコ家では長女のガブリシャが作ることになっているようです。バルシチは、スープの赤紫色と白いウーシュコのコントラストが大変きれいな一品です。

そしてイブの食卓に絶対に欠かせないのが、鯉料理です。ボレイコ母さんが「ちょうどいい頃あいに解凍するように冷凍庫から鯉を出しておくのを今年も忘れてしまったわ」と言っていますが、ポーランドでは数週間前から売り出される鯉を早めに購入して、冷凍保存しておく家庭が多いようです。かつては生きた鯉がスーパーに用意された大きないけすの中を所狭しと泳ぎ、その生きたままの鯉を買って家に持ち帰り、更に自宅のバスタブの中でイブに調理するそのときまで泳がせておく、ということがあったようですが、最近では動物愛護の観点から、お店で買えるのは既に下ごしらえ済みの魚ばかりとなりました。その鯉の調理法ですが、ボレイコ家ではガブリシャがソテーにしていました。『嘘つき娘』で主役を務めたアニェラは『ノエルカ』の一九九一年の世界では小さな双子の息子のお母さんとして登場し、その夫のベルナルドがゼリーがためにしていました。『クレスカ15歳 冬の終わりに』の主人公クレスカはそのときに結ばれたボーイフレンドのマチェクとめでたく結婚したようで、娘の小さなカーシャが一緒でした。そのクレスカの家では鯉はステーキとして調理されています。鯉もビゴス同様各家庭の「味」があるようです。我が家では小麦粉をまぶしてムニエルにするのが定番です。私はポーランドに来て初めて鯉を食べましたが、クリスマスにしか食べられないのが残念なほどにおいしいと思っています。夫に言わせれば、「一年に一度クリスマスにしか食べられないからおいしい」のだとか……。

クリスマスイブには肉料理は食べないのが慣わしです。『ノエルカ』にはお昼ご飯に「ニシンのサワ

クリスマスのメイン料理である鯉料理。ムニエルにして、サワーキャベツとキノコを一緒に煮たものを付け合わせ、マカロニと頂くのが我が家の定番です

ークリーム和え」を勧めるツィリイェクの姿が描かれています。ニシンはポーランドではよく食べられる魚の一つで、瓶詰のニシンの酢漬けや出来合いのニシンのサワークリーム和えが、今日のスーパーではよく見かけられます。ニシンのサワークリーム和えは、エルカのようにジャガイモと一緒に食べるとよく合います。余談ですが、ポズナンはジャガイモがおいしいことで有名で、ジャガイモがポズナンでは「ピラ（Pyra）」と呼ばれることから、ポズナン周辺地域を「ピルランディア（Pyrlandia、ジャガイモの国、といったところでしょうか）」と呼ぶこともあるほどです。

ポーランドのイブの晩餐で特徴的なのが「オプワテク（opłatek）」という名の聖餅です。ウェハース状の白く薄い形状のもので、表面には宗教的な絵が描かれています。教会で受け取ることができますが、近年、このオプワテク付きのクリスマスカードも売られています。クリスマスの挨拶の言葉を口にしながらこれを家族で分け合ってから晩餐を始めるのです。オプワテクを分け合う様子は、『ノエルカ』の中で度々出てきます。

クリスマス料理には各家庭の歴史が刻まれているということが偲ばれるのが、『ノエルカ』中のボレイコ母さんの言葉です。

でもイグナツィのお母さんが作ったラビオリには及ばないわ（中略）これはキェイダヌィ近郊に起源を持つ作り方でね、夫の祖母から教わったのよ。ヴィェルコポルスカに伝わるクリスマス料理を作る度に、イグナツィはいつも野蛮人に変身するの。

日本でもかつてはどこの家でもこうして「お正月のお節料理」が我が家の味として受け継がれていたことでしょう。しかし近年、インターネットを使って老舗料亭のお節料理を注文することができたり、近所のスーパーでもきれいに盛り付けされたものを簡単にそろえることができたりして、「我が家の味」を知ることが難しくなっているのではないでしょうか。ポーランドではそのようなことにならず、いつまでも家族の歴史をつないでいってもらいたいものです。

おススメの『イェジッツィアーダ』文学散歩コース

最後に、二十年近くポズナンに住んでいる私がおススメする文学散歩コースをご紹介したいと思います。

（一）ポズナン中央駅（Dworzec Poznań Główny）→独立大通り（Al. Niepodległości）→ドミニコ教会（Kościół Dominikanów）→オペラ劇場（Teatr Wielki）→テアトラルニ橋（Most Teatralny）とテアトラルカ（Teatralka）→ルーズヴェルト通り（ul. Roosevelta）からドンブロフスキ通り（ul. Dąbrowskiego）まで→イェジッツェ市場（Rynek Jeżycki）→ドンブロフスキ通り（ul. Dąbrowskiego）→ミツキェヴィチ通り（ul. Mickiewicza）→古い動物園（Stare Zoo）

11月11日に大々的に行われる聖マルチンパレード。天候に関わらず、毎年大勢の人が訪れます

このコースのスタート地点は、『嘘つき娘』のアニェラが降り立った駅、また『ナタリヤといらいら男』のナタリヤが旅に出たポズナン中央駅です。

アニェラと同じように駅を出てまっすぐ行くと左手に、その当時コペルニクス交差路（Rondo Kopernika）と呼ばれていた現在のカポニエル交差路（Rondo Kaponiera）が見えます。その交差路の地下道には、私がポズナン留学で訪れた二〇〇一年には公衆電話が並んでおり、そこから私もアニェラと同じように電話したものでしたが、携帯電話の普及と共に姿を消しました。

ここでは地下道には入らず、右のほうに曲がってポズナンのメインストリートともいえる聖マルチン通り（ul. Święty Marcin）を歩いていきましょう。十一月十一日はポーランドの独立記念日ですが、ポズナンではこの通りで毎年聖マルチンをたたえるパレー

ドが大々的に行われています。またそれを記念して、「聖マルチンのロガル（Rogal świętomarciński）」というけしの実ペーストのたっぷり入った大きなクロワッサンが売り出され、ポズナンっ子にはもちろん観光客にも人気の名産品となっています。

先を歩いていくと右手にポズナン音楽学校（Akademia Muzyczna im. Ignacego Jana Paderewskiego）が見えてきます。ポーランドの有名な作曲家であり、第一次世界大戦末期の一九一八年末にポズナンにやって来て武力蜂起を呼びかけ、その結果として起こったヴィエルコポルスカ蜂起を勝利に導いたことで知られるパデレフスキの名前を冠しているので、建物前にはその銅像が置かれています。

ここで横断歩道を渡って、ミツキェヴィチ像のある広場のほうへ行きましょう。ミツキェヴィチは十八世紀末から十九世紀初頭にかけて生きた国民的ロマン派詩人で、代表作『パン・タデウシュ（Pan

ポズナン名物"聖マルチンのロガル"。重さは1つ250グラムもあり、ボリューム満点です

春には花が咲き乱れてとてもきれいなミツキェヴィチ公園

Tadeusz)』は邦訳も出されています。ミツキェヴィチ像の隣りにそびえるのはポズナン暴動記念碑です。その記念碑の脇を抜け、公園の中に入りましょう。ミツキェヴィチ公園(Park Mickiewicza)です。夏には噴水が涼しさを演出してくれ、芝生でのんびりくつろぐ人たちの姿がここかしこに見られます。ベンチもたくさんあり、木々に囲まれたさわやかな公園なので、ここでちょっと一休みするのもいいかもしれません。公園から道路を挟んで右側にあるのが王宮(Zamek Cesarski)で、今は文化センターとして利用されています。

公園の向こうに見えるのがオペラ劇場ですが、ここは後でゆっくり見学することにして、まずはもう少しこのまま直進していきましょう。オペラ劇場の右手にあるのは国立アダム・ミツキェヴィチ大学ポーランド学部の建物です。その先に行くと白い壁の大きな建物が見えてきます。それがボレイコ家のおちびさん二人がショプカを見たがったドミニコ教会です。クリスマスの季節であれば、ボレイコ家の家族が毎年見ているショプカを見ることができるはずです。

ドミニコ教会で厳かな気持ちになったら、オペラ劇場のほうへ戻りましょう。劇場は夏の間はお休みになりますが、それ以外でしたらオペラやバレエを楽しむことができます。私としてはやはり日本では滅多に見られないポーランドの作品を是非ご覧いただきたいと思います。とりわけ、十九世紀の作曲家モニューシュコの作品『幽霊屋敷（Straszny Dwór）』と『ハルカ（Halka）』はおススメです。『幽霊屋敷（Straszny Dwór）』のほうは、『クレスカ15歳 冬の終わりに』の中で、マチェクを魅了したマティルダがオペラ劇場でこの演目の切符を買っていました。

オペラ劇場を出たら右に曲がり、まっすぐ歩いていきましょう。右手に「橇コース」を見ながら更に行くと、大きな橋にさしかかります。この橋がテアトラルニ橋で、その下にはたくさんの線路が並び、列車が走っています。テアトラルニというのはポーランド語で「劇場の」という意味なので、テアトラルニ橋は直訳すれば「劇場橋」ということになるでしょうか。オペラ劇場とノーヴィ劇場の間に挟まれた形でかかっている橋にふさわしい名前だといえます。また、この辺り一帯は「テアトラルカ（劇場広場）」と呼ばれています。

テアトラルニ橋を渡ると車がひっきりなしに走っている大通りに出ます。これがルーズヴェルト通り（ul. Roosevelta）です。横断歩道を渡って右に歩いていけば、すぐにボレイコ一家の住むルーズヴェルト通り五番地に到着します。入口のドアの上の装飾が大変きれいな建物で、今

『イェジッツィアーダ』ファン必見の場所、ボレイコ一家の住むルーズヴェルト通り5番地。入口の模様もさることながら建物の右半分には枝を伸ばした木の装飾が施され、建築物としても一見の価値ありです

にも登場人物たちが飛び出してきそうな気持ちになることでしょう。そのお隣り六番地には『金曜日うまれの子』の中でマチェクとクレスカ夫妻が住んでいました。

先ほどの横断歩道まで戻り、右に曲がるとドンブロフスキ通り（ul. Dąbrowskiego）に入ります。赤茶の建物が見えてくれば、それがノーヴィ劇場です。オペラ劇場とは違い、こちらでは主に現代劇を観劇することができます。ポーランドを代表する劇作家ムロジェックの『タンゴ（Tango）』も観られるかもしれません。

ノーヴィ劇場を通り過ぎ、さらにまっすぐ行くと、左手、道の向こう側に市場が見えてきます。これがシリーズ中登場人物たちがよく訪れるイェジッツェ市場（Rynek Jeżycki）です。季節により売られる野菜や果物が違うところは、最近の日本ではあまり見られなくなった光景で、懐かしく感じられるかもしれ

ません。食べ物の他に衣類なども売られています。きれいな花屋さんにも是非訪れてください。

市場をぐるりと一周したら、ドンブロフスキ通り（ul. Dąbrowskiego）に戻りましょう。ドンブロフスキ通りを右に曲がりまっすぐ行くと、ミツキェヴィチ通り（ul. Mickiewicza）に出ます。『嘘つき娘』でアニェラとロブロイェクが一緒にお茶をした喫茶店は、この交差点にはもうありませんが、雰囲気を感じることはできるかもしれません。

ドンブロフスキ通りからミツキェヴィチ通りを右に曲がりまっすぐ行くと、ズヴィェジニェツカ通り（ul Zwierzyniecka）に出ます。そして右前方を見れば、そこにはゲノヴェファ（アウレリア）がお母さんと行きたがった古い動物園（Stare Zoo）があります。この動物園は一八七一年に建設されたという大変歴史の古い動物園ですが、現在はトラやキリン、ゾウなどの大動物がもっと広い敷地の新しい動物園（Nowe

現在はふれあい動物公園のような"古い動物園"の一角。まだ子どもだったアウレリアが行きたがっていた頃にはキリンやトラなどの大動物もいたので、もっと魅力的だったかもしれません

Zoo）に移されてしまったこともあり、無料で入園できる動物公園のような趣を持っています。それでも特に土日は親子連れでにぎわっています。

動物園でアウレリアの子ども時代の思い出を堪能したら、このコースは終了です。

（二）ポズナン中央駅（Dworzec Poznań Główny）→独立大通り（Al. Niepodległości）→ドミニコ教会（Kościół Dominikanów）→オペラ劇場（Teatr Wielki）→テアトラルニ橋（Most Teatralny）とテアトラルカ（Teatralka）→ルーズヴェルト通り（ul. Roosevelta）からヴィェルコポルスカ大通り（Al. Wielkopolska）まで→ソワツキ公園（Park Sołacki）

このコースはルーズヴェルト通りまでは（一）と同じ道のりを歩きますが、その後は少し違ってきます。ルーズヴェルト通りを右に曲がったら、まっすぐルーズヴェルト通りをくだっていきましょう。『ノエルカ』のエルカや『金曜日うまれの子』のコンラドが住んでいるクラシンスキ通り（ul. Krasińskiego）を過ぎ、『嘘つき娘』のアニェラが親戚のトムチョとロムチャを連れて出かけたドンプクーヴナ副校長（とその息子でアニェラが恋するパヴェゥ）が住むザチシェ通り（ul. Zacisze）も通り過ぎましょう。『嘘つき娘』の中でアニェラはパヴェゥの住所はルーズヴェルト通りだったはず、と混乱しますが、実際に見て見るとその謎が解けるかもしれません。『金曜日うまれの子』の中で「世紀末ウィーン風の石造りの建物」というのが出てきます

ルーズヴェルト通りとザチシェ通りの角の建物には、通りの名を示す看板の上にまで素敵な彫刻が施されています

遠くからでもすぐ目に付く美しい壁の彫像

が、ルーズヴェルト通りとザチシェ通りの角の建物がまさにそれで、壁の彫像は美しく、一見の価値ありです。

その先にある、列車が通る橋の下をくぐる前に左の方へ行く道は、『金曜日うまれの子』に登場する用務員のヤンコーヴィャクさんが住んでいたポズナンスカ通り（ul. Poznańska）です。また、そのポズナンスカ通りに入ってすぐのところを右に走っている通りは、同じく『金曜日うまれの子』で主人公を務めるアウレリアがかつて住んでいた（『クレスカ15歳 冬の終わりに』の頃に住んでいました）ノルヴィト通り（ul. Norwida）です。このコースを先へ進む前に寄り道をし

左がボレイコ一家の住むルーズヴェルト通り５番地、
右が壁の彫像がきれいなルーズヴェルト通りとザチシェ通りの角の建物

てノルヴィト通り六番地の「アウレリアの住んでいたところ」を見ていくのもいいかもしれません。

『ナタリヤといらいら男』の最初の場面でナタリヤがボーイフレンドのトゥニョと落ち合った場所、「トゥニョがいつも希望するルーズヴェルト通りとリベルト通りの角」で「むっとするような空気と排気ガスが異常に集中する、陽の当たる交差点」とはこの橋の下のように思われます。この物語は一九九四年のものですが、この時から四半世紀経った今は更に車が増え、空気が以前にも増して悪くなっているのが残念です。

さて橋の下をくぐり抜けて、さらにまっすぐ歩いていくとプワスキ通り（ul. Pulaskiego）に入ります。それから少し行ったところでヴィェルコポルスカ大通り（Al. Wielkopolska）に入る道があります。そして木々が連なる歩道をまっすぐ歩いていくと、ソワツキ公園（Park Sołacki）に到着です。『ナタリヤといらいら男』でも、トゥニョが「素敵な晩だから、日陰のヴィェルコポルスカ並木通りをソワツキ公園まで散歩しよう」とナタリヤに提案しているので、ナタリヤの気分になって歩いていくと楽しいかもしれません。ただこの場面はナタリヤの怒りと羞恥心で締めくくられているので、あまり気持ちを入れすぎないほうがよいかもしれませんが……。

『ロブロイェクの娘』の中では主人公のベラがこの公園で誕生会を開いています。園内は緑であふれており、心安らぐひと時が送れること間違いなしです。ベラの友人であるフランケンことチャレクとマテウシュが帆船を浮かばせた池ではたくさんのカモが泳ぎ、また池のほとりでのんびりと日向ぼっこしている光景が微笑ましく感じられます。

ソワツキ公園をのんびり散歩したら、このコースは終了です。

ルーズヴェルト通りからポズナンスカ通りへ入る曲がり角

『イェジッツィアーダ』と私　あとがきに代えて

私が『イェジッツィアーダ』作品と出会ったのは、大学一年生か二年生のころだったろうと思います。一九九四年、憧れの東京外国語大学でポーランド語を専攻語として学び始めましたが、ポーランドでどんな文学作品が生まれたかはほとんど知らずにいました。そんな時恩師である関口時正先生から勧められた本が、ムシェロヴィチ作品邦訳第一冊目の『クレスカ15歳冬の終わりに』でした。物語の時代背景は一九八三年で、私が初めてポーランドを訪れた一九九五年よりおよそ十年前の作品でした。一九八九年に「民主化」という大きな転換期を迎えたポーランド。それはクレスカの時代と私のポーランド初訪問のちょうど真ん中に当たります。私が自分の目で見たポーランドと作品中に登場するポーランドのイメージはだいぶ違ったものでした。とはいえ、登場する少女たちの感情には共感するものがあり、育つ文化や環境が違っても、皆私と同じように悩んだり喜んだりしているんだなと嬉しく思ったものでした。

大学二年生の夏休みの三週間という、短いながらも充実した初めてのポーランド滞在から帰国し、次第にポーランドの児童文学に関心を抱くようになった大学三年生の春、またとないチャンスがめぐってきました。ポーランド児童文学の翻訳者として、特にティーンの間で人気のある『イェジッツィアーダ』作品を翻訳されている田村和子さんが、一年間研究生として外大にいらっしゃるというのです！　さらに田村さんをお迎えして、ポーランド児童文学勉強会が週一回開かれることになり、私も参加させて頂くという幸運に恵まれました。「児童文学の翻訳」というのは、当時の私にとって憧れの職業だったこともあり、実際に翻訳をされている方の生の話が聞けたことは、大変貴重な経験でした。また、同じ興味を持つ先輩・後輩との時間も心地よかったことを覚えています。

時は流れ、縁あって二〇〇二年に生粋のポズナンっ子である夫と結婚することになりました。しかも住むことになった場所が『イェジッツィアーダ』作品の舞台となっているイェジッツェ地区！　私は目に見えない運命を感じずにはいられませんでした。

さらに時は流れ、ポズナンの病院で産声を上げ、『イェジッツィアーダ』の少女のように育っていった娘が九歳の誕生日を迎えるころ、思い切って大学の修士課程でポーランド文学を勉強しなおすことにしました。「留学先」は、二〇一九年に創立百周年を迎えた歴史ある大学でありながら、自宅から歩いて行ける距離にある国立アダム・ミツキェヴィチ大学のポーランド文学部でした。古典といわれる作品から現代の作品まで、様々なポーランド文学に触れながらいつも頭の片隅にあったのは、私のポーランド文学の出発点ともなったムシェロヴィチ作品のことでした。修士課程が終わりに近づいた二年目のある日、とある授業で「ポーランド文学を広めるためのプロジェクト作成」という課題が出されました。私はすぐに、日本で出版され親しまれている七作の『イェジッツィアーダ』作品のことを思い浮かべました。文章で読んで想像するだけの風景を日本人読者が実際に見て歩ける旅があれば、楽しみが増えるのではないだろうかと空想が広がりました。特に日本では見慣れない景色に強く惹かれるのではないだろうかと。『クレスカ15歳 冬の終わりに』でゲノヴェファが心惹かれた「窓がルーズヴェルト通りの歩道に面している地階住宅」とはどのようなものなのでしょうか。アパートやオペラ座といった建物だけでなく、日本とは違った公園や、市電が行きかう大通りの風景も興味深いはずです。他にも、聞き慣れない「黒スグリのジャム」や「ピェロギ」、「ロスウ」や「じゃがいものゆでだんご」など料理の数々も気になるのではないでしょうか。

授業で発表したそのプロジェクトは、先生からお褒めの言葉を頂き、日本人向けのツアーと限定しなくても、ポーランド人読者にも関心を持たれるのではないかとの嬉しいコメントを頂きました。そのお話を、学生時代からお付き合いを続けさせて頂いている『イェジッツィアーダ』作品翻訳者でおられる田村さんにメールでお伝えしたところ、大変光栄なことに、今回のエッセイ集にこの「文学散歩プロジェクト」を加えて頂けることになりました。

写真を交えて、『イェジッツィアーダ』の素敵な風景をご紹介できたのであれば幸いです。

今回この『イェジッツィアーダ』文学散歩を執筆するに当たり、邦訳全七作品を年代順に読み返してみました。中でも『クレスカ15歳 冬の終わりに』と『金曜日うまれの子』を最後に読んだのはポーランド（言語、文学）と出会ったばかりの大学生の頃だったので、印象が全く違っていました。その一番の理由はなんといっても、ポズナンのしかもイェジッツェ町に住んで十数年が経過したということでしょう。ただ読んでいるだけの時は「ああ、そういう場所があるんだ」というくらいにしか思わなかった場所が、馴染みのある場所だと思うと、感慨深いものがありました。

もう一つの理由は、私が小学五年生の娘を持つ母親になったということです。例えば『クレスカ15歳 冬の終わりに』を読んでいるとき、以前はクレスカに感情移入して読んでいたのが、今はゲノヴェファ（アウレリア）のお母さんであるエヴァに同意してしまうこともありました。『ナタリヤといらいら男』ではボレイコ家のおちびさん姉妹のうち、お姉さんであるプィザ（ルージャ）がちょうど娘の年齢だということもあり、この場面でうちの娘だったらどういう行動をするかしら、とふと考えてしまうこともありました。

間を置かずに、しかも年代順にまとめて読んだことで、登場する少女たちの成長の様子が手に取るように分かり、これまでポーランドで長く愛されている秘密を垣間見たような気がしました。少女たちは年齢的に思春期にあり、家族には打ち明けられない悩みを抱えたり、反抗したりします。それでも最後は温かい家族のもとへと帰って行き、分かりあえる人と出会い、自分の居場所を見つけることになります。

イェジッツェ町に住むようになってから、発売されてすぐの二作品を読んだことがあります。二〇〇四年の『トローラの言葉（Język Trolli）』と二〇〇五年の『カエル（Żaba）』です。前者のほうには、ボレイコ家の次女イーダの息子ユゼフ（ユジーネク）と、『ナタリヤといらいら男』ではまだ赤ちゃんだった長女ガブリシャの息子イグナツィ・グジェゴシュ（イグナシ）が、小学生の従兄弟同士として登場します。物語の中心は女の子であることが多い中で、男の子たちの成長具合が見られるこのモチーフは、私にとっては新鮮でした。物語の舞台が、私がポズナンに住み始めて間もない二〇〇三年だったので、登場する場所全てに親近感を抱きながら読んでいたのを覚えています。後者のほうは二〇〇四年の物語ですが、『嘘つき娘』の主人公アニェラの息子ピョートルが、本作の主人公〝カエルちゃん〟ことヒルデガルダの高校の同級生として登場し、時の流れを感じさせられます。さらにこのヒルデガルダの兄が、ボレイコ家のプィザ（ルージャ）の元カレだというのにも驚かされたと同時に、シリーズを通して登場人物がうまくつながっているなと感心させられました。

二〇一九年三月、作者のムシェロヴィチさんは、二〇一八年に発表されたシリーズ第二十二作品目の『心配性おばさん（Ciotka Zgryzotka）』で終了し、二〇二〇年発表予定の作品からは『ブコリアーダ（Bukoliada）』という新シリーズが始まることを発表しました。とはいえ、ポズナンから郊外のコストシン（Kostrzyn）に引っ越してしまったおなじみボレイコ一家も引き続き登場するようなので、ほっと一安心です。

『イェジッツィアーダ』シリーズを読むと、家族っていいな、友達っていいな、と強く感じます。インターネットが広まり、活字離れが進む世の中になっていますが、ムシェロヴィチさんにはこれからもずっと『イェジッツィアーダ』、そして新しく始まる『ブコリアーダ』の世界を通して、家族や友達の絆の大切さを伝えていって頂きたいなと思います。そして私がイェジッツェの住人となった二〇〇二年以降の作品、つまり、邦訳として最後に出版された『ちびトラとルージャ』の後にポーランドで続々と出版されている物語を、田村さんから引き継いで日本の読者の方にお届けする機会があればと願っています。

最後になりましたが、出版をご了承してくださった未知谷の飯島徹さん、細かい地図の作成や写真のレイアウトを含め丁寧に編集をしてくださった伊藤伸恵さんに、心より御礼申し上げます。

スプリスガルト友美

おわりに

わたしが最初に出会った『イェジッツィアーダ』の一冊は、ポーランドの友人が送ってくれたシリーズ五番目の作品『Opium w rosole ロスウの中の阿片』でした（後に日本で発行された邦訳版タイトルは『クレスカ15歳　冬の終わりに』）。今から三十年以上も前のことです。その本はすぐにページがばらばらになり、装丁も決して立派なものではありませんでしたが、まるで湯気が出そうなほどに紙の匂いがぷんぷんしていました。

一九七九年から八〇年にかけての一年間、わたしは土壌動物学研究者である夫の共同研究に伴って二人の娘を連れてポーランドの古都クラクフに滞在し、帰国後、東京の語学学校で本格的にポーランド語を学び始めました。前述の本が届いたのはそれから五年ほどが経った頃です。〝今、ポーランドで大きな話題になっている本です〟と言う友人の添え書きが入っていました。すぐに開封して一ページ目をめくった瞬間、わたしは作品世界に引き込まれ、他の全てをそっちのけにして大きな辞書の傍らで夜更けまで読み続けました。それまでの人生の中で初めての強烈な読書体験でした。

主人公クレスカがマチェクに寄せる何とも不器用で一途な恋はさておき、最も強い印象をもたらしたのは不思議な六歳の少女ゲノヴェファの言動でした。「お昼を食べに来たの」と言って他人の家に上り込むその姿に、時には笑い、時にはほろりとさせられながら先を読まずにはいられなくなりました。さらに作者が執筆した当時のポーランドには検閲がまかり通っていて、政治的、社会的用語をストレートに使うことができませんでした。そのためにやむを得ずに用いた暗示的表現が逆に作品に奥行きと深さをもたらしていることも大きな魅力でした。

すぐに翻訳に取り掛かって二年後の晩秋、わたしは未熟な訳稿を抱え、ポーランド行きの飛行機に乗りました。作者マウゴジャタ・ムシェロヴィチに会うために。口腔外科医をしていたマウゴジャタの母親、ゾフィア・バランチャクさんが手配してくれた医科大学の学生寮に泊まり、わたしは一か月の予定でほぼ毎日のようにムシェロヴィチ家に日参し、訳文を完成させてゆきました。

作者は日本からの無名の翻訳者をまるでボレイコ母さん、あるいはガブリシャのように温かく迎え入れ、時には美術館や教会へ、あるいは観劇や映画へと連れて行ってくれました。ある時、M・ムシェロヴィチはキッチンの大きなテーブルの上に読者からの手紙が入った箱を置きました。シリーズが進むに連れて届く読者からの手紙の数が増え、返事を書くのが大変になってきた、と彼女は困惑よりは嬉しさの勝った顔を向けました。

後から知ったことですが、作者と読者との間には文通を通して様々なエピソードがあったのです。熱心な読者の一人に重い病を抱えた少年がいました。彼はボレイコ家の二女イーダが大のお気に入りで、イーダの婚約者には自分の名前をつけてほしいと何度も何度も手紙で作者にお願いしたのだそうです。そしてついにその願いはかなえられ、イーダはマレク・パウィス、つまりその少年と同姓同名の青年と婚約しました。少年の喜びはいかばかりだったことでしょう！　しかし、残念なことにイーダとマレクの挙式シーンが載った本が出る前にこの少年は亡くなってしまいました。

さらにナタリヤとフィリップの破局に対しては多くの読者から賛否両論の手紙が舞い込み、作者はしばらく頭を抱え込む状態になったと言います。結局、ナタリヤはロブロイェクと結ばれるのですが、これに対しても賛否両論の多くの意見が寄せられたそうです。繊細で愛らしいナタリヤに対してロブロイェクは年を取り過ぎているし、分別があり過ぎて面白みがない。あるいは個性的でどこか危なげなナタリヤにはロブロイェクのようなしっかり者が必要である、等々の意見です。驚いたことにポーランドのノーベル文学賞受賞作家、チェスワフ・ミウォシュ（一九一一～二〇〇四）は読者の一人としてナタリヤとロブロイェクの結婚に大賛成だったそうです。

マウゴジャタ・ムシェロヴィチはイェジッツィアーダとしての作品は二〇一八年発行の第二十二作目『Ciotka zgryzotka 心配性おばさん』を最後とし、二〇二〇年からはポズナン郊外の自然豊かな田舎を舞台にした新しいシリーズにすると最近になって宣言しました。新しいシリーズにおいてもボレイコ一家や懐かしい面々の登場は続くようで、読者はほっと胸をなで下ろしています。

さて、嬉しいことに、M・ムシェロヴィチの作品を愛してやまない日本人女性がいます。日本の大学でポーランド語とポーランド文学を学んだ後、ポーランドで出会った現地男性と結婚し、ポズナンのイェジッツェ地区に住んでいるスプリスガルト友美さん、このエッセイの共著者です。彼女はまだ日本では発行されていないM・ムシェロヴィチの作品、さらに新しいシリーズの作品を翻訳したいという強い意欲を持っていて、わたしにとってはまさに希望の星です。そんな日本にも、決して多くはないですが、M・ムシェロヴィチのファンは確実にいます。そんな日本の愛読者にとっても新しい翻訳者は希望の星となることでしょう。

最後に、わたしたち著者二人の夢をかなえて下さった未知谷の飯島徹さん、伊藤伸恵さん、ありがとうございました。

田村和子

二〇二〇年二月

『イェジッツィアーダ』作品一覧（＊印は邦訳版タイトルおよび発行年）

1 Szósta klepka（6枚目の桶板）一九七七年
2 Kłamczucha（嘘つき娘）一九七九年　＊嘘つき娘二〇〇八年
3 Kwiat kalafiora（カリフラワーの花）一九八一年
4 Ida sierpniowa（八月のイーダ）一九八一年
5 Opium w rosole（ロスウの中の阿片）一九八六年　＊クレスカ15歳 冬の終わりに一九九〇年
6 Brulion Bebe B.（べべBの落書き帳）一九九〇年
7 Noelka（ノエルカ）一九九二年　＊ノエルカ二〇〇二年
8 Pulpecja（プルペツィヤ）一九九三年
9 Dziecko piątku（金曜日の子）一九九三年　＊金曜日うまれの子一九九六年
10 Nutria i Nerwus（ヌートリヤといらいら男）一九九四年　＊ナタリヤといらいら男一九九八年
11 Córka Robrojka（ロブロイェクの娘）一九九六年　＊ロブロイェクの娘二〇一二年
12 Imieniny（名の日）一九九八年
13 Tygrys i Róża（ちびトラとルージャ）一九九九年　＊ちびトラとルージャ二〇一四年

14 Kalamburka（カラムブルカ）二〇〇二年
15 Język Trolli（トローラの言葉）二〇〇四年
16 Żaba（カエル）二〇〇五年
17 Czarna polewka（黒いポレフカスープ）二〇〇六年
18 Sprężyna（ばね）二〇〇八年
19 McDusia（マクドウシャ）二〇一二年
20 Wnuczka do orzechów（クルミ用の孫娘）二〇一四年
21 Feblik（弱点）二〇一五年
22 Ciotka Zgryzotka（心配性おばさん）二〇一八年

たむら　かずこ
1944年、北海道札幌市生まれ。1979年より一年間、夫と子どもとともにポーランドのクラクフ市で生活。帰国後、東京でポーランド語を学ぶ。その後、東京外国語大学とクラクフ教育大学の研究生としてポーランドの児童文学を研究。現在、ポーランドの主に若者向けの小説を翻訳している。主な訳書に『クレスカ15歳 冬の終わりに』（岩波書店）、『竜の年』、『ナタリヤといらいら男』、『ノエルカ』、『嘘つき娘』、『ロブロイェクの娘』『ちびトラとルージャ』『ブリギーダの猫』（以上、未知谷）、『強制収容所のバイオリニスト』（新日本出版社）、主な著書に『ワルシャワの春』（草の根出版会）、『ワルシャワの日本人形』（岩波ジュニア新書）がある。岩手県金ヶ崎町在住。

スプリスガルト　ともみ
1976年東京生まれ。1998年東京外国語大学ポーランド語専攻卒業。2019年アダム・ミツキェヴィチ大学ポーランド文学修士号取得。ポーランド語翻訳、ポーランド関係フリーライター・エッセイスト。2012年よりグダンスク大学東アジア研究所研究員。ポーランド・ポズナン在住。

ポーランド・ポズナンの少女《しょうじょ》たち
イェジッツェ物語シリーズ22作と遊ぶ

2020年4月10日初版印刷
2020年4月20日初版発行

著者　田村和子／スプリスガルト友美
発行者　飯島徹
発行所　未知谷
東京都千代田区神田猿楽町2丁目5-9　〒101-0064
Tel. 03-5281-3751 / Fax. 03-5281-3752
［振替］ 00130-4-653627

組版　柏木薫
印刷所　ディグ
製本所　牧製本

Publisher Michitani Co, Ltd., Tokyo
Printed in Japan
ISBN 978-4-89642-610-6　C0098